创意写作书系

经典人物原型45种

创造独特角色的神话模型

第三版

45 Master Characters

Mythic Models for Creating Original Characters

[美]维多利亚·林恩·施密特（Victoria Lynn Schmidt）◎著

吴振寅◎译

中国人民大学出版社

·北京·

“创意写作书系”顾问委员会

（按姓氏笔画排名）

谨以此书献给我的家人——斯蒂芬、桑德拉、安吉拉、金伯莉和芭芭拉。谢谢你们跟我分享你们的原型，以及给我的所有鼓励。

译者序

有一句名言，叫“太阳底下没有新鲜事”，意思是今天发生的事过去曾经发生过，以后还将发生。再独特的人物、再精彩的故事，在历史长河里都是一再出现、循环往复的。对这些具有代表性的形象、理想或模式，学者称之为“原型”。本书是“创意写作书系”家族的一员，主要从角色原型和主角的旅程原型两个方面帮助创作者。

瑞士心理学家荣格认为，作家一旦表现了原型，就“道出了一千个人的声音，可以使人心醉神迷，为之倾倒。与此同时，他把他正在寻求表达的思想从偶然和短暂提升到永恒的王国之中，他把个人的命运纳入了人类的命运，并在我们身上唤起那些时时激励着人类摆脱危险、熬过漫漫长夜的亲切的力量”[①]。也就是说，了解和使用原型可以化偶然为必然，化个人为全体，使读者感觉到自己并非在阅读某个作者的片面经历，而是人类的集体经验。如此，阅读才能使人获益匪浅。

本书作者基于荣格的原型理论和希腊神话，提炼出 32 个主角原

① ［瑞士］C. G. 荣格：《论分析心理学与诗的关系》，见叶舒宪选编：《神话—原型批评》，101 页，西安，陕西师范大学出版社，1987。

型和13个配角原型，从他们关心和害怕的事物、动力以及他人看法等角度，对这些原型的内心世界进行淋漓尽致的剖析，并列举了众多影视角色、文学形象、历史人物来给读者一种更为直观的感受。作者打造好自己的原型王国后，又继续探索主角的旅程原型。她依据美索不达米亚的两大传说——女神伊南娜与国王吉尔伽美什的故事，把古今各种故事里的男女主角的经历概括成两大旅程。每个旅程分为九个阶段，层层递进，让主角经受考验、面对死亡，最后觉醒而获得重生。其中女性旅程侧重于内心的探索，而男性旅程则偏重于外在的收获。这两大旅程原型与成长小说的情节发展模式“天真——顿悟——幻灭——觉醒”有异曲同工之妙。正如作者所说，“原型不是出自某一个人对人们的看法，而是全人类看人经验的结晶。它并非个人判断与假定。”

本书中，作者使用了大量的剧名、书名、角色名和演员名等，对于知名度较高的作品，后面一般不加注英文名，而出现次数较多或较生僻的剧名、书名等，首次出现时会在译名后加注英文名，以便读者查找和获取进一步的信息。对于书中列举的一些在西方家喻户晓的人物，考虑到文化差异，也做了一些必要的注释。

在此要感谢中国人民大学出版社的杜俊红编辑，她精心策划的“创意写作书系”使得国外介绍写作技巧、写作方法的佳作有机会进入中国读者的视野。还要感谢父母双亲的仔细审阅和建议，在他们的无私帮助下，这本书的翻译才能如期顺利完成。

由于书中涉及的人名、书名细节众多，疏漏之处恐在所难免，恳请专家、读者不吝指正。希望此书能帮助创作者们打开思路，创造出生动饱满的经典角色与令人爱不释手的作品。

吴振寅

2014年2月于杭州

前言

当我十年前写下这本书的时候，从没想到它会在书架上待这么久，销往全世界，并被译成好几种语言。有这么多人觉得这本书以及我的同一系列中的其他几本书很有帮助，我感到很荣幸。

你永远不知道你的作品会怎样打动别人。你只需要发自内心想要通过作品帮助人们和事物找到适合自己的位置。很多时候，作者往往只写他们想写的东西，不去考虑读者的需求。关于这一点，我在《高级写作技巧》一书中有详细的讨论，但是简单来说，这一点是大多数作者的主要写作障碍。如果你想让你的作品经受住时间的考验，就要尽可能地为读者付出，教导他们、帮助他们——是的，哪怕是在小说创作中。

这本书最新的版本里还有第 46 个角色原型，相关内容可以从作者文摘网站下载，网址是 www.writersdigest.com/character-archetype-46。[①] 这几年，一些新的角色进入了我们的原型家族，比如游戏改变者和操纵者。这个新原型的出现是受了救世主原型的启发，它给那些帮助他人的类型提供了一个新的视野。这个原型像救世主一样帮

---

① 第 46 个角色原型已作为附录收录在本书中译本中。——译者注。本书中注释均为译者所注，以下不再一一注明。

助他人，不过他们这样做有自己的动机。他们很有能力，但也有无能为力的时候。

你会发现这些新角色出现得非常及时，也是读者非常关心的。在你的故事中用好他们和本书中的其他角色，你就可以帮助你的读者了解他们的世界，帮助他们思索、探寻和应对生活中的种种问题。这也是大多数读者拿起一本书时所期待看到的。

欢迎打开《经典人物原型 45 种》，希望大家能从中获得启发，创造出饱满的人物形象，让世界各地的读者都能理解并从中获益。

目录

第一部分
开始

第二部分
创造女主角与反面人物

第三部分
创造男主角与反面人物

第四部分
创造配角

第五部分
女性和男性的旅程

第一部分

开始

1

什么是原型？创作者为什么要使用它们？

原型：某种具有代表性的形象、理想或模式。原型存在于神话、文学和艺术中，大体上是一种超越了文化边界的无意识的形象模式。

——英卡塔①

为什么在设计故事的时候你需要使用原型呢？因为每个作者都会在创作过程中遭遇所谓的“30页障碍”。你在写小说或者剧本。你有很不错的点子。你花了几天构思大纲，写下前30页。然后你突然失去能量了。越来越写不下去。你写作的速度慢了下来。写作障碍正在逼近，你对自己正在创作的杰作失去了兴奋的感觉。

你心内暗想：也许这个构思没有那么特别？也许我该换一个故事？这个已经写不下去了。

不要放弃你的故事。实际上，大多数时候问题并不出在你的故事上，而是出在你的角色上。如果你故事的动力——角色——没有足够的养料的话，你的故事怎么进行得下去呢？如果你只是平面地看待你的角色，那么对它只会有一个大致的概念。你不知道它的动机、目标

① 英卡塔（Encarta），微软电子百科全书。

或者恐惧。如果你的角色在你心里只是一个刻板、平面的印象，你又怎能指望对它做出新颖、激动人心的发现呢？你可能已经想出了一些主要情节，但你有没有想过你的角色处于这些情节中时，会有什么样的反应呢？推动故事往前发展的正是这些角色的反应，而非你的情节安排。一个角色决定冲进一幢着火的大楼，并不是因为你的情节设置他要这么做——而是因为他的性格促使他这么做。

你有没有听说过《蝎子和青蛙》的故事？一只青蛙遇见一只蝎子，青蛙请求蝎子不要杀它。蝎子说，只要青蛙送它过河，它就不伤害青蛙。青蛙问："我怎么知道我背着你的时候，你不会扎我呢？"蝎子回答："如果我扎你，我们两个都会死在河里。"青蛙觉得有道理，便答应了。行至一半的时候，蝎子扎了青蛙的背部。它俩都往下沉的时候，青蛙问："你为什么要扎我？现在我们两个都要死了。"蝎子用它最后一口气说："因为这是我的天性。"那么你的角色的天性是什么呢？用好这本书里的原型，能够帮助你找到答案。

天行者卢克——多萝西——西娜——亚哈船长

一提起这些角色，我们就会有很真切的感觉。他们不是乏味的平面化的角色，而更像是真实的人。他们在我们心中激起强烈的情感；我们要么很希望自己像他们，要么希望自己完全不像。他们使人难忘，并不是因为他们置身其中的故事，而是因为他们性格的深度和立体感。并不是每个角色都要高贵和完美；西娜的黑暗面使她显得复杂、人性化、更有意思。

这些角色各自体现了某个通用的原型，这些原型帮助他们具备了强劲的性格弧线。性格弧线展示了一个角色在故事中的性格变化。每一个了不起的角色都会在故事中经历的事情里学习和成长。到了故事的结尾部分，你的角色应该成为一个从她的旅程中学到很多、变得崭新的人物。

这本书里探讨的角色原型包括 13 个男女配角和 32 个男女主角。除此之外，还有关于 13 个配角的原型模式方面的信息。

《星球大战》中的天行者卢克（马克·哈米尔饰）属于男性救世主原型，小说《白鲸记》中的亚哈船长则属于国王这个原型。《绿野仙踪》中的多萝西（朱迪·加兰饰）毫无疑问属于少女原型，而《战士公主西娜》（*Xena*：*Warrior Princess*）中的西娜则属于典型的亚马逊女子原型。这些角色比他们的原型更为丰富，但正是这些原型激发了创作者的想象力，使他们用更多的细节塑造了这些生动的人物。

什么是原型？

对心理学家来说，原型就像一种心理指纹，能够揭示病人的人格细节。对创作者来说，原型就是构造栩栩如生人物的蓝图，不管是主角还是配角、正面形象还是反派角色。

在荣格心理学里，希腊诸神代表了七种角色原型。本书从写作者的角度看待这些原型，增加了一个救世主的原型，这种强大的顿悟的类型在荣格心理学中没有被提及。《黑客帝国》（*The Matrix*）之类的电影证实了这类原型在故事和电影中大受欢迎。

原型这种宝贵的工具经常被创作者忽视。原型会促使你更深地挖掘自己的角色，不仅仅把他们视为“角色一”或者“图书管理员”之类，而要认识到他们是在故事的矛盾冲突中会有自己特定反应的某类人。很多时候，创作者笔下的几个角色的行动都跟作者本人一样；原型能帮你避免这一点。

使用原型的时候，你的角色的性格精华部分会被浓缩，使得她呼之欲出，不会跟其他的角色混在一起。每个原型都有自己独特的一套动机、恐惧和关心的事物，正是这些推动她前进，也推动着情节发展。

一旦选定了原型蓝图后，家庭、文化、阶层和年龄就决定了这个角色会如何表达自己的本质。

只有了解了这个角色性格的方方面面，才能确定她在故事设置的情节中会做出怎样的反应。

原型与模板

小心那些把模板当成原型的书籍，要创作出激动人心、与众不同的角色，就要避开这些。模板通常是偏见造成的对人物过于简化的概括。原型不是出自某一个人对人们的看法，而是全人类看人经验的结晶。它并非个人判断与假定。

把一个角色描述为一个“典型的图书管理员”，等于是让你接受这样的假设，即所有的图书管理员都是安静的老姑娘。这样的描述限制了这个角色的发展和各种可能性。这个角色的不为人知的恐惧和秘密是什么？什么是她的动力？原型会帮助你回答这些问题。

模板也许可以用来描绘一个原型，但是模板只是一个浅薄的模仿，是你用来创造人物的更大图景的一小部分。

使用一个原型

扩充你对你的主要角色的想象

选一个你想要描写的角色。如果你已经写好了一个故事，那就选一个你打算在修改中加以润色的角色。在你选择原型之前，先弄清楚你是如何构想这个人物的。

你的主角站在你的面前，像是一个看不见的、等着被画到纸上的卡通形象。闭上你的眼睛，想象你的角色活过来，走到你面前，然后回答这些问题：

脸——是饱满还是瘦削？为什么？从她的脸上，我们能看出她过往的经历、她的年龄、职业和所属的阶层么？她的眼神是锐利的还是带着永恒的悲伤？

皮肤——肤色黑么？是娇生惯养的人那种娇嫩的皮肤，还是蓝领工人的那种粗糙的皮肤？

头发——是长是短，是直是卷？绝大多数母亲都把头发剪短，因为早晨醒来身边有一个娃娃要照顾，没有时间梳理自己的头发，除非她能请得起保姆。

年龄——展现这个角色的挣扎的最佳年龄是几岁？如果你的角色是一个离婚的母亲，放弃自己的生活来养活一家人，那么将她重新开始的年龄设置为 40 岁，比设置为 20 岁要更扣人心弦。更多信息参见第 24 章等章节中关于角色人生阶段的部分。

体型——她是身材丰满、生过五个孩子的那种体型，还是精瘦有肌肉的那种运动员身材？

风格——他很时髦还是土得掉渣？他的着装相对于他的年龄来说老气么？

你的印象——你喜欢这个角色么？为什么？弄清楚你为什么打算花上一年来写这个角色。这样做能帮到你，让你的读者也爱上他。

哪个原型跟这个角色最吻合？

现在想一想这个角色的基本性格特征。下面这些问题能帮助你清楚地认出相应的原型。

- 她是内向的还是外向的？
- 他在解决问题的时候，依靠的是本能，还是逻辑思考，抑或是情绪？
- 她想改变世界么？
- 他住在哪里？描述一下他的卧室。这是整个房子里最私人和隐秘的地方。
- 她对自己的外貌满意么？
- 他对家庭和孩子们的看法是什么？

- 她如何看待男人和婚姻?
- 他有哪些爱好?
- 她的朋友是什么类型的?
- 他觉得什么是有趣的?
- 她觉得自己性感么?
- 他是不是很喜欢控制周围的一切?
- 别人通常会在背后怎么说她?
- 他对待生活的态度认真么，还是多数时候就像个孩子一样?
- 周日下午她通常在哪里度过? 一个人在书店? 跟朋友一起喝下午茶? 看工作资料?

现在你有基本的答案来帮你看清楚你的角色跟哪个原型最吻合。你在看到接下来的章节里的原型时，就会逐渐看清哪个是“正确”的——那个原型应该符合你的角色的性格，并且帮助你往新的方向发展你的角色。你还要注意自己之前是否设置了一些不符合这个原型的性格元素。角色性格只有保持连续和一贯性，才能使读者感到他是活生生的。打个比方，我们知道一个“父亲的女儿”类型在一个满是小孩子的房间里通常会有些不知所措。如果她对这样的状况欣然接受，处理得得心应手，我们就会感觉这个角色不真实。

想一下《婴儿潮》（*Baby Boom*）中的J. C. 维特（戴安·基顿饰），一个“父亲的女儿”类型。她要想一会儿才能弄明白怎么换尿布。再想一想《幼儿园特警》（*Kindergarten Cop*）中的保护者类型，刑警约翰·金布尔（阿诺德·施瓦辛格饰）。他一跟孩子们待在一起就很头痛。他对待孩子们就像在军校里训练新兵一样，他需要挺长一段时间才能学会如何跟他们恰当地相处。

2

如何使用原型?

现在你的主角呈现在你的面前，你需要填上她的性格。以下的章节会提供给你人物素描和对人物心理的洞察，帮你回答这些问题：你的角色关心什么？她害怕什么？她的动力是什么？其他角色是怎么看待她的？

你的角色关心什么?

总的来说，每个角色都有自己关心的东西。传统的方法是，作者需要问自己这样的问题来定义一个角色——“如果你的角色被困在一个荒岛上，他会希望自己带着哪三样东西?”或者“如果他的房子被烧毁了，他最念念不忘的是什么东西?”每个原型都会有自己的一套价值观，决定了他们各自看重的东西是什么。有时候，主人公最在意的可能不是某样物品或者某个人，而是某种生活方式。一个亚马逊女子宁可死，也不愿失去独立，就像《末路狂花》(*Thelma & Louise*)中的女主角一样。一个国王会抛弃自己的孩子们，如果他们不肯听从他的命令的话。

你需要弄清这个角色最看重的东西是什么，不仅是为了告诉我们她是怎样的一个人，更是为了在她争取目标的时候，通过把她最关心的东西放置在危险中来设置障碍。一个角色可能很想达成自己的目标，但更在意朋友的生死，她可能会为了拯救朋友的性命，而让目标从手里溜走。想一下《战士公主西娜》中的西娜（亚马逊女子）。情节主线可能把她带到一个她需要从邪恶的领主那里拯救的村庄，但是突然间，她最好的朋友加布里埃尔被绑架了。西娜会放下一切去救她，哪怕这意味着毁掉整个村庄。

不要让原型主导你的情节主线。如果你选择了一个原型，不要因为这个原型最在意的是婚姻，比如像女族长那样，你就必须要写一个跟婚姻有关的情节。其实不管你把你的角色放在什么样的情节主线里，这种内在的欲望会渗透进你所有场景和章节的对话和潜台词里。

你的角色害怕什么？

什么会带给她噩梦？如果她在寂静的夜里听到响声，她会如何反应？她会觉得是什么东西发出这样的声音呢？

一个角色面对的最大的考验就是跟她的恐惧相关的。看一个极度怕水的人跳进海里去救自己所爱的人，比看一个奥运会游泳选手跳入海里要令人紧张得多。

一个角色害怕的事物来自他的原型的心理方面，还有他们自己过去的经历。比如，商人原型会更喜欢城市生活和文明。这样的心理再加上儿童时野外露营的一次事故造成的对野生动物的恐惧，你就得到了一个害怕户外生活的角色。可能他的活动场所仅限于家里和办公室。一天，他的老板叫他去一个偏远的乡村地带出差，因为他的工作是他最在意的东西，所以他必须要面对自己的恐惧。

问问自己，这个角色幼年的时候发生了什么事以致造成了这种恐惧。然后你可以把这个信息散播给读者。

你的角色的动力是什么?

琳达·西格(Linda Segar)的书《让一个好剧本变得更精彩》(*Making a Good Script Great*)里面概述了七种角色动力,它们“解释了什么驱动着我们,我们想得到什么,以及如果不能得到会有什么后果”。

它们是:

- **生存**——活下来的基本需求。
- **安全保障**——生存的需求满足后,我们需要安全感和被保护的感觉。
- **爱和归属**——有了住所,我们会渴望拥有家庭、团体或者某种联系。我们会渴望无条件的爱和接受。
- **自尊和他人的尊重**——我们希望通过自己的行动得到爱与尊重,被认可、被仰视。
- **认识和理解的需求**——对知识的寻求。我们有天生的求知欲,想要知道事物是怎么运作的、各个部分是如何组合在一起的。
- **审美**——对平衡与秩序感的需求。我们渴望能够跟比自己伟大的事物相联系。
- **自我实现**——我们想要表达自我;向别人展现我们是谁,展现我们的才华、技艺与能力,不管是不是能得到公众的认可。

每个原型会与其中的某个动力有特别的共鸣。原型们极受这些动力的影响——它们促使角色做出那些疯狂的事情,你会在接下来的章节里看到。

其他角色如何看待你的角色?

你的角色的服饰和欲望是如何跟他的原型匹配的?我们在街上如

何认出这样的原型呢？比方说，一个亚马逊女子会更喜欢穿舒适的衣服，像运动裤之类，而一个商人原型会选择笔挺的西装。

其他角色在背后会怎么说他呢？他们如何理解他的行动和意见？他们害怕他么？他们嫉妒他么？他们对他有确切的认识么？这个角色会让其他人了解他吗？还是会把真实的一面隐藏起来？

非传统式运用

使用原型的时候要有创新。它们只是一种向导。打个比方，当我说起国王这个原型——喜欢控制，穿着整齐，做事井井有条，领导别人，给出建议等——你很容易想到《黑道家族》（*The Sopranos*）中的托尼·瑟普拉诺（詹姆斯·甘多菲尼饰），不过情景喜剧《宋飞正传》（*Seinfeld*）中的杰瑞·宋飞也很符合这个原型。每个人都到他家寻求他的建议；他总是处在主导的地位；他总是穿戴整齐，做事很有条理。他这个角色是国王原型的喜剧变形。

再想一下亚马逊女子的原型：西娜、《尼基塔女郎》（*La Femme Nikita*）中的尼基塔（皮塔·威尔逊饰），还有《异形》（*Alien*）中的中尉埃伦·雷普利（西格妮·韦弗饰）都符合这个原型，但是《选美俏卧底》（*Miss Congeniality*）中的格雷西·哈特（桑德拉·布洛克饰）也很符合。她是一个被迫进入选美比赛的亚马逊女子，却对发型、化妆、时尚一窍不通。所以使用原型的时候尽量多些创意和变化吧。

你应该选择哪个原型？

如果你已经想好了故事，再想一下用不同的原型做主角故事会有多么不同。挑三个原型，为每个原型各写一页故事大纲。你会惊奇地发现，你根据每个原型的恐惧和欲望想出的新的变化和情节多么有趣。

你要选择一个面对你故事里设置的那些障碍最有成长空间的原型。比如把一个国王原型放进一个众叛亲离的故事里。把父亲的女儿放在一个把她带到荒郊野外的故事里。原型角色必须从你设置的情节经历里学到一些东西，以使他们成长，变得比原型更加丰富。

首先，选择一个你感兴趣的原型，然后看看用他害怕的事物来对付他是不是会很有趣、很有挑战性，甚至会产生喜剧效果。

结合不同的原型：亚马逊女子始终是亚马逊女子么？

我们的性格里可能有许多种原型，但是其中一种是主导的。关于每一个原型我都要问："幼年时发生了什么事，使得这个原型成为你的性格的主导？"在性格成型时期，肯定发生了某些事情使得我们不得不改变自己来生存下去，我们改变的方式代表了我们的主导原型。

当我们处在某种压力之下时，这个主导原型就会接管我们的生活。一个养育者原型可能也支持独立和平等，但仅仅这一点并不能使她成为亚马逊女子。她有没有采取行动来捍卫她的信仰呢？这些想法她是不是只放在心里呢？在主要场景里，她是在养育孩子还是在大声疾呼？我们所有人可能都相信拯救雨林的必要性，可是我们中有多少人会把自己绑在一棵树上，像一个亚马逊女子那样为保护它而斗争呢？

同样，一个养育孩子的亚马逊女子，在故事结尾面对恶人的时候，绝不会退缩，因为在内心深处，她始终是一个亚马逊女子。

…………

画好你的角色轮廓，涂上他的性格色彩之后，你可以开始设计情节、构思他的性格发展弧线了。

练 习

如果你还没有试过，那么选择三个原型，为每个原型各写下一页的情节大纲。注意每个原型会如何改变情节或者增加新的变化。

详细地写两页，说明为什么你的角色属于你选择的这个原型。如果他属于国王原型，写法如下：他喜欢控制一切，尤其是自己的家庭生活。当他去上班的时候，他经常冲着办公室里那些擅长电脑的年轻人吼叫，因为他们让他感觉到自己在使用最新软件方面的笨拙和不足。

让你的角色对你说话。用第一人称写一页，让你的角色告诉你她对于你赋予她的目标的感受。

第二部分

创造女主角与反面人物

3

阿芙洛狄忒：诱人缪斯与蛇蝎美人

阿芙洛狄忒这个绝代佳人，从象征情感领域的海洋深处，冉冉升起。她拿布遮掩着自己的身体，但并不逃避你的目光。她对着你天真无邪地笑着，内心却深知你已经被她迷住。她从大海走向陆地，长发在风中飘曳。大海里的生物不顾生命危险，跟着她来到陆地上，只为了多看她一眼。她好奇地感受着周围的景象和味道。一切看起来都那么美妙。欲望和爱跟随着她，把周围明智的男人们都变成傻瓜。

诱人缪斯

诱人缪斯是个强大的女人，她知道自己想要的是什么。她渴望生活满足她的所有感官需求。神赐予她创造力、美貌、爱和富足，使得她积极投身于创造性的事业，向世界展示自己。她善于发明，并且很有眼力，总是能看到解决生活难题的最简便的方法。当卡车司机因为卡车过高，进不了隧道而苦思冥想的时候，她是那个告诉司机把车胎里的气放掉的孩子。

她心里充满着对爱与婚姻的渴望，但是她也不愿放弃追求与被追求的快乐。她需要许多恋情和激情经历来保持活力。她不愿一个人工作，除非那是需要注意力高度集中的创造性的工作。她是一个天生的治疗师，深切地关心别人的感受，试图帮助他们抚平伤痕。

在我们的文化中，这种原型往往会受到很多批评。她公开的性感和力量太过强大，社会很难接受。在古代，恋人在阿芙洛狄忒的神庙里的结合被视为神圣和纯净的，而如今社会对性活跃的女子的不信任却把她归为妓女、荡妇、蛇蝎美人一类。不过最近，美国兴起了一种女神运动，试图重新将这样的女子定义为坚强有力的。

诱人缪斯这种公开的性感，在她想要结婚、建立家庭时，给她带来了阻碍。她发现自己总是沦为情人。男人很难将她视为贤妻良母，即便她迷人的青春气息会给婚姻带来爱和情趣。性既是她的难题的答案，也是原因。

看几集《欲望都市》（*Sex and the City*），里面的萨曼莎·琼斯（金·凯特罗饰）就是这个原型的现代版本。她并不是妓女、荡妇或蛇蝎美人，她只是一个享受性爱的美丽女子，丝毫不在意别人怎么看她。

诱人缪斯关心什么?

● 她在乎男人——至少在意一段恋情的亲密部分。她喜欢控制，但并不是公然的主导。她用自己的魅力悄悄地操纵他们。她是身体语言方面的专家，总能轻而易举地看透别人隐藏的欲望。她试图唤醒她的伴侣和朋友们的欲望，把他们压抑的情感释放出来。

● 如果她感到受伤，她会在一段恋情里竖起高墙，告诉自己“更好的人很快就要出现了”。

● 其他女人的友情对她来说也很重要，只是她很难有一个最好的朋友。她希望其他女人也像她一样，对性爱大大方方，但只有同类能理解她。与此同时，她也不理解其他原型。在她看来，养育者过于乏味，父亲的女儿又过于注重心智、有些古板。她活在当下，不会因为跟这些原型的友情而受到牵制。

● 虽然她可能不愿承认，不过她确实希望自己是别人注意力的焦点，是房间里最迷人的女子。她爱自己的身体之美，一有机会就忍不住炫耀。她的身体是她本质的一部分。

● 任何一种形式的表达对她来说可能都是重要的——跳舞、歌唱或是绘画。她的创造能量能够通过这些渠道表达出来，乐此不疲。

诱人缪斯害怕什么?

● 害怕失去她的性感、魅力和创造力。失去这一切等于毁掉她。如果她感染了某种性病或者遭遇暴力，她的内心深处会留下永久的伤痕。

● 任何形式的排斥对她来说，都是巨大的打击，尤其是被自己的恋人排斥。她对男人的吸引力给了她控制权，恋情结束与否，应该取决于她。她就像跟恺撒恋爱的埃及艳后一样——性感迷人，善于运用权术和诡计。

● 衰老对她来说是极可怕的事情，因为这意味着魅力和吸引力的终止，使她陷入孤独的境地。她可能永远也不会结婚，但是她因为害怕孤独，所以需要身边有仰慕者和关注。她相信只有青春和魅力才能吸引人们。

● 她渴望着成为关注的焦点，同时又担心其他女人会因为这种关注而讨厌她。她最好的朋友可能是亚马逊女子这种类型，她们外向，而且像姐姐一样保护着她，或者是少女类型，她们仰视她——就像《盖里甘的岛》（*Gilligan's Island*）里的玛丽·安（唐·威尔士饰）仰视金格（蒂娜·露易丝饰）一样。大多数女人都渴望像她一样释放魅力，但是她们做不到，只有嫉妒她。她跟其他的诱人缪斯又会很快成为竞争对手。

诱人缪斯的动力是什么?

● 她最大的动力是自我实现。不管有没有公众的承认，她都有一种创造的冲动。她灵魂深处有一种深切的需求促使她创作、充分体验人生。如果没有一个发挥创造力的渠道，她就会把这种动力用性爱表达出来。就像电影《本能》（*Basic Instinct*）中的凯瑟琳·特拉梅尔（莎朗·斯通饰）一样；她不在写作的时候，就跟男男女女玩些性爱游戏。

● 她需要拥有爱情、其他亲密关系和创造力，才能快乐。她看到一个项目完结的时候，可能会觉得难过，因为她更享受的是整个过程。项目完结了，乐趣也就没有了。

其他角色如何看待诱人缪斯？

● 一些女人会嫉妒她得到的关注。她能从她们的眼神里看出来。有多少女人会愿意跟玛丽莲·梦露共处一室呢？她们不理解她对男女老少拥有的那种魅力和吸引。她是如此的性感、多彩多姿、热爱生活，大多数女人都做不到这些。她们看着她，自惭形秽。

● 她着装迷人，走在潮流的前列，甚至引领潮流。她在搭配方面有独到的品位，全身上下无可挑剔——秀发、指甲和娇嫩的肌肤充满活力。她的美由内而外，天生有着明星气质。

发展性格弧线

看一下你的角色在故事中的主要目标，想一下你要选择哪些她害怕的事来考验她。她需要学会什么来克服恐惧？她需要学会独处么？她需要把另一个女子培养成性感女神，自己从聚光灯下退出么？

很多时候，诱人缪斯其实希望别人肯定她的头脑，而不仅仅是她的外表。她知道美貌是短暂而肤浅的。她想要找到一个真正了解她的灵魂伴侣。她需要学会坐下来计划未来，而不是只活在当下。

童年时期发生了什么事情使得这种原型主导了她的个性呢？她小时候是否因为这种天真迷人的举止而成为宠儿？她所生长的环境是不是鼓励女孩子性格开放呢？她是否曾经遭受性虐待，长大后不自觉地与人厮混、自轻自贱？

以下是促使这类原型成长的最佳搭档：

妇女之友——教她不仅珍视自己的美貌，更要珍视自己的聪慧。

救世主——教她把性能量转化成精神上的成长。

隐士——教她独处，不害怕被遗弃，审视内心深处的自我。

亚马逊女子——教她自我约束，认识到规范言行的重要性。

诱人缪斯的优点

- 喜欢成为众人关注的焦点。
- 有表达自我的需求。
- 聪明，富于创造力。
- 感性，情感深厚。
- 以一种健康的方式爱自己和自己的身体。不会饮食失调。
- 喜欢打扮，穿着迷人。
- 享受性爱。
- 欣赏同性间的友情，但有时会感觉自己被排斥。
- 鼓励其他女人变得性感和富有创造力；会激发男人们的灵感。

诱人缪斯的缺点

- 没法单独做事。
- 活在当下，从不思考或者计划未来。
- 容易坠入情网，也容易移情别恋——爱他们，然后离开他们。
- 善于调情，玩弄他人于股掌之间。
- 做事冲动，生活混乱。
- 过于关注自我。

诱人缪斯的反面角色：蛇蝎美人

她刻意用自己的魅力控制男人，让他们做一些违背本质和原则的事。她诱使正派的男人走上杀人越货的犯罪道路。她不相信任何人。

她对人生感到厌倦和失望。她只看重自己的美貌，让别人听命于她来展现自己的强大。这是社会欠她的，她只是拿走属于她的这部分。

她从不弄脏自己的手，总是指使别人去完成那些事。她撩拨挑逗男人，像用金萝卜逗毛驴一样在他们面前卖弄风情。那些想要赢得她的男人，最后不是死于非命就是身败名裂。那些悲观的黑色电影里，处处可以看到她的踪迹。

当她要对付一个情人的时候，可能会不择手段。如果他已婚，她想到的第一个手段是要挟，如果激怒了她，她会做任何事情来挽回颜面。她通常不会扮演受害者的角色，宁可去死，也不肯失去美貌和权力。如果一个年轻的女子想要取代她成为关注的焦点，那可要当心了。用贝蒂·戴维斯在《彗星美人》（*All About Eve*）里面的台词来说，“系紧你的安全带，这将是一个颠簸的夜晚”。

她过分感性，过分需要他人的关注。她无法容忍困难，虽然表情淡漠，不动声色，内心却是情绪起伏。她像一个不知道什么时候会爆炸的不定时炸弹。对他人的批评敏感，极度关心自己的外貌。

她会以身体为交易，暗示一个男人去为她做某件事。她把自己的身体当作武器。她觉得如果男人总是免不了掉进她的陷阱，那是他们自身的问题。幼年时没有人给过她什么东西。她要运用神给她的天赋，操纵别人，让自己生存下去。她不相信任何人，只想证明她绝不是任人宰割的羔羊。

蛇蝎美人

- 觉得除了自己，谁也不能信任。
- 刻意用身体诱惑他人去为她做事，而不到万不得已不会兑现承诺。
- 不受道德约束。
- 抱着一种“你不伤他，他必伤你”的心态。
- 演技过人，必要时能泪如雨下。

- 在乎金钱和权力，对她来说，这些等同于生存。
- 不忠实。
- 不受肉体关系影响；灵肉分离，精神上超然。
- 没人知道她何时说的是真话。
- 有副百变的面孔，见人说人话，见鬼说鬼话。
- 利用美貌诱使他人掉入她的陷阱。
- 需要成为关注的焦点。
- 表情淡漠、不动声色，内心情绪起伏多变。
- 对批评敏感。

影视、文学、历史中的阿芙洛狄忒

诱人缪斯/蛇蝎美人类型的电视剧角色

- 《欲望都市》中的萨曼莎·琼斯（金·凯特罗饰）
- 《奉子成婚》（*Married with Children*）中的凯莉·邦迪（克里斯蒂娜·艾伯盖特饰）
- 《盖里甘的岛》中的金格·格兰特（蒂娜·露易丝饰）
- 《双峰》（*Twin Peaks*）中的奥黛丽·霍恩（雪琳·芬饰）
- 《我所有的孩子》（*All My Children*）中的埃里卡·凯恩（苏姗·露西饰）

诱人缪斯/蛇蝎美人类型的电影角色

- 《本能》中的凯瑟琳·特拉梅尔（莎朗·斯通饰）
- 《艾维拉惊魂》（*Elvira, Mistress of the Dark*）中的艾维拉（卡珊德拉·彼得逊饰）
- 《邮差总按两次铃》（*The Postman Always Rings Twice*）中的科拉·史密斯（拉娜·特纳饰）
- 《风月俏佳人》（*Pretty Woman*）中的维维安·沃德（朱莉亚·

罗伯茨饰）

●《乖仔也疯狂》（*Risky Business*）中的拉娜（丽贝卡·德·莫妮饰）

●《歌厅》（*Cabaret*）中的萨利·鲍尔斯（丽莎·明妮莉饰）

●《火暴浪子》（*Grease*）中的里索（斯托卡德·钱宁饰）

●《迷魂记》（*Vertigo*）中的玛德琳·埃尔斯特/朱迪·巴顿（金·诺瓦克饰）

诱人缪斯/蛇蝎美人类型的文学形象或历史人物

● 埃及艳后克利奥帕特拉

● 大利拉①

● 莎乐美②

● 玛丽莲·梦露

● 苏格兰女王玛丽

● 小说《包法利夫人》中的爱玛·包法利，古斯塔夫·福楼拜著

● 小说《午夜善恶花园》中的夏布利夫人，约翰·伯兰特著

● 小说《乱世佳人》中的郝思嘉，玛格丽特·米切尔著

● 小说《名利场》中的丽贝卡·夏普，威廉·梅克比斯·萨克雷著

---

① 大利拉（Delilah），《圣经》中参孙的情妇，诱使参孙说出了他力量所在的秘密——来自上帝赐予他的一缕头发。随后，趁参孙熟睡之时，她剪去了参孙的那缕头发，使他丧失力量，成为腓力斯人的阶下囚。

② 莎乐美（Salome），《圣经》中以色列旧地统治者希律王的女儿，美丽绝伦，她帮助她的母亲杀死了施洗者约翰。

4

阿尔忒弥斯：亚马逊女子与蛇发女妖

女神阿尔忒弥斯在月光下的树林里行走着，随身带着一把银弓和箭。她在夜色中穿行，保护着那些天真的少女，搜寻着一两个不法之徒来让她的弓箭派上用场。她是众神中的首席猎手。当她在月光下行走时，她眼观六路，耳听八方，也许有产妇需要她的帮助，也许有夜行的少女需要她的保护。她性情急躁，谁得罪了她，一定会受到惩罚。她是一个选择独身的女神，感情上自给自足。她一旦认定目标，就会全神贯注，不达目的誓不罢休。

亚马逊女子

亚马逊女子是女权主义者。她关注女性解放事业胜过关心个人安危。她会毫不犹豫、奋不顾身地去救助困境中的女子或孩童。她和女子的友情对她来说是最重要的，但是因为她的雌雄同体的态度，她的朋友不多，可能还相距甚远。她的男性一面与女性一面同等强烈，这有时候让她很困惑，不知道如何融入他人。她不关注时尚，也不欣赏“家庭主妇”或者“公司白领”这两类女性，而现在绝大多数女人都非此即彼。

她是一个离不开大自然的野性的女子。长时间住在城市里会使她郁郁寡欢，直到找到适合自己的户外运动，才会感到快乐。在夜风中独自行走，会使她心绪宁静，她孤身在外，从不感到害怕。

她是某种类型的大地女神，承担起资源循环利用和保护地球资源的责任。她偏好直觉和本能，热爱旅行、探索异国风光。《泰坦尼克号》中的萝丝·德维特·布克特（凯特·温斯莱特饰）就是一个被困在笼中的亚马逊女子。

亚马逊女子关心什么?

● 亚马逊女子深切地关心着女权、自然和大地。当政府要开发某些应受保护的自然资源附近的土地时，她总是会和政府起冲突。她相信地球属于每一个人。没有人能独占土地，她爱去哪儿就去哪儿。

● 她照顾妇女儿童，激烈地反对父权制度。她相信每个人都应该自由、独立，女人在所有方面和男人都是平等的。

● 竞技体育是她最爱的娱乐，胜利是必不可少的目标。

亚马逊女子害怕什么?

● 亚马逊女子害怕失去自由和独立。她素来以独立自主为荣。入狱或者瘫痪会击垮她。她看重自给自足的品质，看不起那些依赖别人的人，即便她会去帮助她们。

● 她的爱好竞争的天性使她害怕失败，不管是在工作上还是在体育赛事上。她尤其不愿意输给男人。她害怕这样的耻辱感会终生伴随着她。她喜欢证明她跟任何男人都势均力敌，尤其是在体能方面。

● 她害怕自己的脆弱。她宁愿死，也不愿成为暴力事件的受害者。她无法接受这样的羞辱。她会跟任何的袭击者斗争到底，让他们明白她的实力不容小觑。

● 她不惧怕自己的死亡，却害怕别的妇女儿童因为没有得到她的及时救助而死。她天生是个救助者。

● 她担心其他女人会因为她的男子气质而疏远她。她不精心化妆或者打理秀发。她是那种“咱们出去把小镇闹个天翻地覆”类型的女孩。同性友谊对她来说很重要，但是她很难找到同类人一起出去。到头来，她的男性朋友比女性朋友更多。

亚马逊女子的动力是什么?

● 生存是她最大的动力。她喜欢一个人留在野外，她可以照顾好自己。她和野生动物以及大自然的关系培养出她灵敏的直觉和本能。她可以运用这种直觉在会议室里跟男人们针锋相对，争取自己的地位和权力。

● 为自己深切关心的事业去奋斗，给了她无穷的精力。她需要挑战和刺激，不然就会感觉抑郁无聊。她佩服那些为争取女性投票权而奋斗的女子，佩服那些为了更多人的利益不顾个人安危的人。

● 拯救一个女人或者儿童的性命，对她来说就是人生的意义和自信的源泉。她就像拯救加布里埃尔的西娜。她像一个姐姐一样，保护其他女子，是女权事业和环保事业的殉道者。

其他角色如何看待亚马逊女子?

● 她对服饰不太讲究。她喜欢穿宽松的衣服，那样她可以行动自如。希腊神话中，阿尔忒弥斯向父亲宙斯要短装来穿，并不是因为短装性感，而是因为她可以跑得更快。

● 她的运动员的体格，有时候让人觉得迷人，有时又让人感到害怕。

● 在他人眼里，她有时显得冷冰冰的，沉浸在自己的事业里。当她专注于自己的目标时，她看上去有些遥远和冷漠，不过当她在自然中玩耍时，她又像个小孩子。她不戴手表，因为时间对她毫无意义。

发展性格弧线

看一下你的角色在故事中的主要目标，再想一下你选择了哪些她害怕的事物来挑战她。她需要学会什么来克服她的恐惧？她需要抚养小孩么？她需要运用才智来适应城市生活么？她需要面对现实，承认她未能挽救某个人的生命么？

通常一个亚马逊女子会希望有一个自己的住处，有一个小圈子经常来往。她希望她的所有努力和付出能够得到认可。她最需要学会的是信任男人。

童年时发生了什么事，使得这个原型主导了她的性格？是她从小没有母亲和姐妹，只学到了父亲的个性么？还是她的母亲是个亚马逊女子，不爱红装爱武装么？她曾经眼睁睁看着自己爱的人受到伤害么？她有崇拜的女英雄么，像神奇女侠①那种？

这个原型要跟以下原型搭配，才能成长：

保护者——教会她信任他人，接受他人的保护。

愚者和少女——教会她感受生活的乐趣、尝试冒险和与他人和睦相处。

养育者——教会她生育孩子和身为人母的价值。

亚马逊女子的优点

- 喜欢在户外跟动物和自然相处。
- 比起异性朋友，更看重同性友情，可惜最后异性朋友多于同性朋友。
- 看重妇女儿童。
- 女权主义者，即便她口头上不这么说。
- 不害怕夜晚独自外出。
- 为捍卫自己的尊严，可以战斗至死。
- 为事业挺身而出。
- 对于服饰和外表，更看重实用，而非时尚。
- 想要自立自足。

---

① 神奇女侠（Wonder Woman），漫画中的超级英雄。

- 比起婚姻，更能接受简单的同居。

亚马逊女子的缺点

- 可能极为固执、冥顽不灵。
- 盲目；只看得到眼前的目标，对其他视而不见。
- 有时极不理智，为了取得胜利不惜一切代价。
- 爱自夸。
- 因为不愿示弱，可能会变得跟那些挑衅者一样咄咄逼人。

亚马逊女子的反面角色：蛇发女妖

作为一个反面人物，她会不计代价来帮助另一个女人，哪怕要牺牲掉一个无辜的男人的生命。她疾恶如仇、手段狠辣，有时候会错伤好人。

她是蛇发女妖美杜莎，是充满怒火和怨恨的女人，特别是在她被伤害之后。当她感受到威胁时，她会变得极为危险，甚至采取一些极端的手段来表达她的愤怒。男人们料不到她的怒火可以使她变得这么可怕。

她会像母狮保护自己的幼崽一样，斗争到死。她怒火万丈的时候，不会在意个人存亡。她会变得残暴，不顾一切，殊死搏斗。民主、外交手腕、是非曲直对她来说，已无关紧要。她在意的只有复仇二字。如果她的事业是正义的，她觉得神会站在她这一边，帮助她攻无不克、战无不胜，并宽恕她的残暴。

她无视道德伦理的种种行径有种反社会特质。她无视社会法纪，我行我素，拒绝接受社会规范约束。她对自己的可怕行径毫无悔意。她好斗，性情古怪、易怒，置个人与他人的安危于不顾。

她觉得自己所做的一切是合情合理的，因为是别人先侵犯了她的基本权益。她竭尽全力帮助女性变得强大、独立。有时候有些人的死是无辜的，但她觉得如果这样可以救更多的人，那就没有什么不可以。就算最后她变得跟那些入侵者一样残暴，她也无所谓。她信奉“以眼还眼、以牙还牙”。别人怎么看待她，无关紧要。必要时，她会选择自杀，以免死在别人手里。她认为她才是自己生命和命运的主宰者。

蛇发女妖

- 照本能行事，没有悔意。
- 想要立刻得到满意的答案，伸张正义。
- 被怒火遮蔽了眼睛。
- 如果有人敢冒犯她，她会勃然大怒。
- 不冷静。
- 像独裁者一样执法。
- 认为真理和法律在战火中是毫无用处的。
- 会跟敌人同归于尽。
- 性格成因通常是长期处于压抑状态而产生的精神创伤或者长时间饱受欺凌。
- 行为鲁莽、不顾后果。
- 凶猛好斗、古怪易怒。

影视、文学、历史中的阿尔忒弥斯

亚马逊女子/蛇发女妖类型的电视剧角色

- 《吸血鬼猎人巴菲》（*Buffy the Vampire Slayer*）中的巴菲·萨莫斯（莎拉·米歇尔·盖拉饰）
- 《战士公主西娜》中的西娜（露西·劳立丝饰）
- 《女医生》（*Dr. Quinn, Medicine Woman*）中的米凯拉·奎恩（简·西摩饰）

- 《尼基塔女郎》中的尼基塔（皮塔·威尔逊饰）

亚马逊女子/蛇发女妖类型的电影角色

- 《泰坦尼克号》中的萝丝·德维特·布克特（凯特·温斯莱特饰）
- 《异形》中的中尉埃伦·雷普利（西格妮·韦弗饰）
- 《末路狂花》中的路易丝·萨维尔（苏珊·萨兰登饰）
- 《丝克伍事件》（*Silkwood*）中的凯伦·丝克伍（梅丽尔·斯特里普饰）
- 《终结者》（*The Terminator*）中的莎拉·寇娜（琳达·汉密尔顿饰）
- 《选美俏卧底》中的格雷西·哈特（桑德拉·布洛克饰）

亚马逊女子/蛇发女妖类型的文学形象或历史人物

- 神奇女侠
- 圣女贞德
- 女王布狄卡[①]
- 《海滩》（*The Beach*）中的塞拉，亚历克斯·加兰著
- 《小妇人》（*Little Women*）中的乔·马奇，路易莎·梅·奥尔科特著
- 《杀死一只知更鸟》中的斯科特，哈柏·李著
- 《狮子、女巫和衣橱》中的露西，C. S. 刘易斯著
- 《油炸绿番茄》（*Fried Green Tomatoes at the Whistle Stop Cafe*）中的艾吉·思雷德古德，范妮·弗拉格著
- 《绿山墙的安妮》中的安妮·雪莉，露西·莫德·蒙哥马利著

---

① 女王布狄卡（Queen Boudica），英格兰东英吉利亚地区古代爱西尼部落的王后和女王，领导了不列颠诸部落反抗罗马帝国占领军统治的起义。

5

雅典娜：父亲的女儿与背后中伤者

女神雅典娜像夜色中神秘的猫头鹰，傲然盘旋在大图书馆和胜利的战场上空。她不会亲自投入战斗、弄脏她的双手，她只是站在她选定的战士那一边，帮助他获得胜利。她给他勇气、力量和知识，还有她不变的忠诚。她一手拿着盾牌，一手拿着奈基女神的肖像，因为奈基是胜利的象征。她从父亲的头部出生，她没有母亲，也不需要任何女伴。她聪慧，对自己的情绪有良好的控制力。

父亲的女儿

这位只承认父亲的女儿不像亚马逊女子一样，为女子的处境而斗争。她可能还会反对那些女权事业，她站在男子这一边，来获取他们的仰慕。她觉得自己是与众不同的女人——“其他女人做不到，”她觉得，“但是我可以，因为我跟她们不同。”

她和那些能够帮助她实现目标的强大的男人们联手。她并未与他们有染，而是让自己像“男孩们中的一个”那样，跟他们建立了友情。男人们欢迎她进入他们的工作领域，因为她对生意场上与她结盟的强大男子一贯忠诚。

她聪明，讲求战略，从不受情绪的摆布以致做出错误的决定。比起荒凉的野外，她更喜欢快节奏的城市生活。她喜欢易于控制的事物，也喜欢新事物带来的挑战，尤其是跟心智和商业事务相关的挑战。她依靠大脑，而非本能，并且像亚马逊女子一样专注于目标。作为女神，她对工艺制作和战事一样关注，因为两者都需要耐心和专注。她有能力成为专业人士和一个有才华的学生。她富有好奇心，在危机中足智多谋，但不信任他人帮她做事，而是事事自己尽心。

如果她自己没有技能或者机会去从事那些工作，她会极热心地支持丈夫的工作，好像那是自己的工作一般。如果他试图离开她，她会心烦意乱，因为不能再参与他的事业，而非担心其他。

电影《魔鬼女大兵》（*G. I. Jane*）中的中尉乔丹·奥尼尔（黛米·摩尔饰）就是一位父亲的女儿，而非亚马逊女子，因为她斗争是为了成为一个男人，证明自己跟男人一样强。亚马逊女子会保留和珍视自己的女性本质。乔丹则希望以男子的身份进入男人俱乐部。到电影结束的时候，她的用语、举止、行动和价值观都已经非常男性化，她为了赢得他们的肯定而数次牺牲自己。像西娜那样的亚马逊女子绝不会在意能否融入一个男子团体，在电影《生死豪情》（*Courage Under Fire*）里我们就看到了一个英勇的亚马逊女子，队长凯伦·艾玛·瓦尔登（梅格·瑞恩饰）在整部电影中都保持着她的女性特质。她不害怕流露情绪和落泪。

父亲的女儿关心什么?

● 她的名字说明了一切——她关心的是与强大的男子结盟，支持父权制度。她希望能被男性接受，成为他们中的一员，这样她可以获得事业的发展。进入男人们的关系圈，是她发展事业的关键的一块踏脚石。

● 她只在意男人对她的看法，至于女人们怎么说她毫不在意，因为她觉得她们最后都会崇拜她的成就。

● 她热爱胜利，更重要的是，看到她的队伍胜利。她会竭尽全力保证这一点——她是一个真正具有团队精神的人。

● 她喜欢学习新事物，来开阔眼界。

● 她喜欢去远方旅行，但总是要住在豪华的酒店里。她从来不做那些能够雇佣别人来完成的杂务。她的日程表总是排得满满当当。

父亲的女儿害怕什么？

● 父亲的女儿害怕女孩子的友情，因为这会提醒她她是个女人，而她一直回避这一点。她觉得女人意味着柔弱，她每天努力证明自己绝不柔弱。

● 她可以承受输掉一两场战斗，但不能承受输掉整个战争。这样的失控对她是毁灭性的打击。

● 她需要待在城市里。在荒郊野外没有书可以阅读，这对于她来说是不可忍受的。她应该认识到大自然和书本一样，可以教给她很多东西，可是她就是不能与自然共鸣。

父亲的女儿的动力是什么？

● 对认识、理解和归属的需求就是她的强大动力。她渴望能够成为男孩中的一员，并且证明自己比其他女人更强大。

● 她喜欢那些需要动用她的谋略的挑战。她不能容忍任何杂乱无章的状况。

● 她需要独立自足，不过她也喜欢身边有一个强大的男人可以依靠，以防万一。她喜欢雅典娜帮助阿喀琉斯实现目标，也希望反过来他也能对她有所帮助。

● 竞争是她最主要的热情之一，尤其是当有整个团队跟她一起分担失败的风险时。如果她输了，整个团队也就跟着输了，她不用一个人收拾残局。

其他角色如何看待父亲的女儿？

● 她看上去整洁又职业化。哪怕一个人在家，她也穿得整整齐齐的；虽然没有穿家居服那么舒服，可是外表很重要。

● 在别人眼里，她有点不动声色，因为面对危机她总是保持冷静、泰然自若。在她炯炯有神的眼神背后，盘算着一些事情。

● 她在人前很难放松，只有在家里才能卸下心防。她有一些不为人知的爱好和热衷的游戏。她最喜欢室内活动。

发展性格弧线

看一下你故事中角色的主要目标，也看一下你打算使用哪些她害怕的事物来挑战她。她需要学会哪些东西来帮助自己克服这些恐惧？她是否需要学会住在一个偏远的小镇以便拯救她的律师事务所？她是否需要弄丢一本重要的账本，来挽救她老板的事业？

父亲的女儿通常需要回归自然来减轻压力、重获健康。她需要认识到作为一个女人就很好，她也不用非得事事尽心。也许成为“男孩们中的一个”没有那么重要。电影《婴儿潮》中的那个父亲的女儿就放弃了事业，搬到乡下的一所房子里，抚养她死去的亲戚的孩子。

在她幼年的时候，发生了什么事情，使得这个原型主导了她的性格？她是否曾看着自己的母亲被人欺凌，于是发誓自己绝不能如此软弱？她的家庭是不是父亲一个人说了算？她是否在孩童时就被迫一个人待在家独自玩耍？

为了她的成长，这样的原型最好跟以下某个角色组合：

艺术家——能教给她关于创造力的东西，还有享受此刻、放松心情。

引诱者——能开启她性感的一面，教她如何跟男人培养恋爱关系。

毁灭者——让她领略强大的女性力量。

被嘲笑的女人——这个角色恨其他女人，这种恨意如此之深，使得她成为反面教材，让人明白这种对其他女人的切齿之恨是多么愚蠢和荒唐。

女族长——向她展示女性在家族中的地位，教她一些传统的价值观念。

父亲的女儿的优点

- 喜欢待在城市里。
- 比起女性朋友，更喜欢男性朋友。
- 看重工作和事业，胜过一切。
- 愿意为团队做任何事情。
- 很独立。
- 即便独自在家，也穿得整洁得体。
- 非常聪明、有学识。
- 自信、胸有成竹。

父亲的女儿的缺点

- 父权制度的热心支持者。
- 听到其他女人抱怨男女不平等，会很不耐烦。
- 只被强大的男人吸引。
- 工作狂。
- 总是在制定战略。
- 难以完全展示自己女性的一面，对自己的身体之美缺乏感知。（跳舞对她来说是件难事。）

父亲的女儿的反面角色：背后中伤者

作为一个反面角色，父亲的女儿会践踏其他人来达到自己的目的。她会利用自己的心计和谋略来挫败对手，她跟强大男子的结盟也有助于她做到这一点。有些时候，这些男人会利用她的忠诚。

当她得知自己深信不疑的男子背叛了自己时，会怒火滔天。亚马逊女子对此早有心理准备，而父亲的女儿却会遭到毁灭性的打击，因为她终于明白自己并非之前所想的“男孩们中的一个”。她一生都在试图融入他们。

对她来说，事业就是一切。失去事业，等同于死亡。为了阻止这样的结果，她会不择手段。她会利用自己的女性身份，扮演天真无辜的女子，然后在背后捅同事一刀。

她反对那些为女性争取权利的做法。她不愿承认这世界对男女不平等，因为那样就意味着这世界对她不平等。她想要远离女性这一边，避开她们身上的软弱特质。

她有一种莫名的恐惧，觉得别人会对她不利。她对他人的忠诚和可信保持着怀疑的态度，无法对他们推心置腹，因为害怕有一天别人会拿她说过的话来对付她。她无法放松心情，不能和同事亲密无间。她对每一个人都心存疑虑，于是总是脱离团体。她几乎没什么幽默感。

她不明白自己想要变得成功、强大、高高在上有什么错。她更喜欢跟男人在一起，她总是留着一张王牌，等着对付那些背叛她的人。

背后中伤者

- 感觉被困住了。
- 当有必要的时候，会很好地扮演一个甜蜜的小女人角色。
- 先考虑自己。
- 毁掉别人的生活或事业时，毫不手软。
- 落难的时候会依赖陌生人的善意。
- 让他人帮助她的时候感觉良好，这样他们会放松警惕。
- 是一个说谎专家，直到被激怒，她才开始猛烈抨击，流露真实情感。
- 多疑，觉得周围的人都在暗算她。
- 没法放松。
- 没法对同事推心置腹、坦诚相见。

● 脱离团体。

影视、文学、历史中的雅典娜

父亲的女儿/背后中伤者类型的电视剧角色

●《星际迷航：航海家号》（*Star Trek：Voyager*）中的凯萨琳·珍妮薇舰长（凯特·穆格鲁饰）

●《X档案》中的丹娜·斯嘉丽（吉莲·安德森饰）

●《墨菲·布朗》（*Murphy Brown*）中的墨菲·布朗（坎迪斯·伯根饰）

●《圣女魔咒》（*Charmed*）中的普茹·哈里威（香农·多尔蒂饰）

父亲的女儿/背后中伤者类型的电影角色

●《伊丽莎白》（*Elizabeth*）中的伊丽莎白一世（凯特·布兰切特饰）

●《魔鬼女大兵》中的中尉乔丹·奥尼尔（黛米·摩尔饰）

●《婴儿潮》中的J. C. 维特（戴安·基顿饰）

●《上班女郎》（*Working Girl*）中的凯瑟琳·帕克（西格妮·韦弗饰）

●《彗星美人》中的玛戈·钱宁（贝蒂·戴维斯饰）

●《月色撩人》（*Moonstruck*）中的洛雷塔·卡斯托林尼（雪儿饰）

父亲的女儿/背后中伤者类型的文学形象或历史人物

● 托斯卡纳的玛蒂尔达伯爵夫人①

---

① 玛蒂尔达伯爵夫人（Matilda，1046—1115），意大利女贵族，教皇格雷戈里七世的主要支持者，因军事成就名留青史。

- 《驯悍记》中的凯特，莎士比亚著
- 《无事生非》中的比阿特丽斯，莎士比亚著
- 《麦克白》中的麦克白夫人，莎士比亚著
- 《待到梦醒时分》（*Waiting to Exhale*）中的伯尼·哈里斯，特里·麦克米伦著
- 苏·格拉夫顿[①]系列小说中的侦探金西·密尔虹（Kinsey Millhone）
- 《沉默的羔羊》中的克拉丽斯·史达琳，托马斯·哈里斯著
- 《战略高手》（*Out of Sight*）中的凯伦·西斯科，艾尔莫·伦纳德著

---

① 苏·格拉夫顿（Sue Grafton），美国著名推理小说作家，2008 年获得英国犯罪小说作家协会授予的卡地亚钻石匕首奖；2009 年，荣获爱伦·坡终身大师奖。

6

得墨忒耳：养育者与过度控制的母亲

寒冷的冬夜，得墨忒耳在街上徘徊，寻找着她被绑架的女儿珀耳塞福涅。她不吃不喝不睡，女儿的凭空消失折磨着她。她绝望的泪水让万物凋谢。她经过的地方寸草不生。每到一处，寒冬降临，直到她的女儿回到她身边。只有到那时，大地才能回春，万物才能生长。她心里只有孩子，没有自己。

养育者

得墨忒耳是一个养育孩子的母亲，不过并不是一定要有个孩子才能算作这个原型。她们最重要的特质是有一种帮助他人的责任感。得墨忒耳拒绝了其他诸神为了让她接受和解而送给她的各种礼物，她只要她的孩子回到她身边。失去了孩子，她的生命就缺失了重要的一部分。只有孩子在身边时，她才充满着青春活力。

养育者一直以来就梦想着有自己的孩子，当孩子真的到来时，他们就成了她的一切。如果她自己没有生育能力，或者孩子的父亲还没有出现时，她就把自己的热情用在帮助、照顾他人上面。你通常可以在医疗护理行业看到她们的身影。

她和其他养育者建立友情，她们都相信母爱的伟大和服务他人的重要性。她们会聚在一起聊最新的医疗技术或者带孩子的经验，一聊就是几个小时。

她的身份和她的孩子们或者那些被她照顾的人们绑在一起。他们带给她人生的目的和意义。她可能会在一个慈善机构里帮助许多人，或者在收容所里照顾流浪的动物，照顾自己的家人，或是帮助大街上的一个陌生人，安慰一个好友或者恋人，照顾自己的学生们，或者出一本自助类的书帮助大众。

养育者关心什么？

● 养育者随时随地关心着她的孩子的幸福。她有一种把他人置于自己之前的倾向——类似某种殉道者——不过排在第一位的始终是她正在照顾的那个人，尤其当那人是个孩子的时候。如果可以拯救她的孩子，就算牺牲整个城镇，她也在所不惜。

● 一切顺利的时候，她会关心整个团体的基本需求，给需要帮助的陌生人很棒的礼物。她照顾的病人都叫她天使。

● 她一有空余的时间就会关心公益事业，当志愿者。

● 她有时会小心翼翼确保其他人都过得快乐，最后才考虑自己。

养育者害怕什么？

● 养育者害怕失去她照顾着的那个人。她的个体和生命的意义都在于照顾他人。如果别人指责她过度保护一个人而使他丧失了独立生存的能力，她会很生气。

● 她害怕孩子需要救助的时候她却不在场。如果因此发生了什么不幸，她会责备自己，陷入毁灭性的抑郁。她会无法控制自己的情绪，悲痛折磨着她，她也让身边的人陷入痛苦。

● 如果她的孩子或者照顾的病人离开了，她会感到难以承受。她感到自己不再被需要，属于最易患“空巢症”的群体。

● 她害怕自己的想法和情绪，所以无法冷静地自我分析。她讨厌安静的时光，因为她不愿思考自己的事情。她喜欢忙忙碌碌，来避免这种不想要的独处。

养育者的动力是什么?

● 爱和归属感是她强大的动力。她喜欢跟他人有情感上的联系。给她一个家庭，她会心甘情愿地为家人付出，只要他们需要她的照顾。如果有一个生病的孩子需要人收养，她肯定会接手。

● 身为人母和养育孩子给了她生活的理由。她可以付出一切来保护这种珍贵的关系。得墨忒耳很强大，因为她敢于谴责诸神，她一心只要她的女儿回来。养育者们都会很欣赏故事的这个部分。

其他角色如何看待养育者?

● 有些人觉得她有依赖性，属于消极攻击型。

● 她倾向于同时做许多事，来使许多人高兴，却让自己忙得不可开交。

● 她不在意自己是否性感，也不关心时尚。她可能长得很美，自己却毫不在意。

发展性格弧线

看一下你的角色在故事中的主要目标，再想一下你选择了哪些她害怕的事物来挑战她。她需要学会什么来克服她的恐惧？她需要学会放开她的孩子们，给自己找个职业么？她需要学会站出来大声说出自己的想法，不再老是想着会不会伤害他人么？她需要学会让她的孩子们长大、离开家门么？

养育者需要放开她对别人的依赖，找到自己的位置。她需要认识到她可以照顾好自己，一个人独处其实也不错。培养业余爱好，比如瑜伽或者写作，都能帮助她学会爱自己。

童年时发生了什么事，使得这个原型主导了她的性格？是因为她的母亲不在身边照顾她，所以她长大后要在别人身边照顾他们来补偿这种缺失么？她需要帮助带大她年幼的兄弟姐妹么？大人们是不是曾送给她玩具娃娃，然后告诉她，做母亲是世界上最伟大的事情？她的生命中是不是曾经有过一个很特别的女子，比如她的老师，给过她无私的帮助，现在她长大了想要回报社会？

这个原型要跟以下原型搭配，才能成长：

妇女之友——能够照顾她，让她体会跟别人平等相处的感觉。

隐士——教会她独处的意义，帮她认识自己。

蛇发女妖——教她认识到人生残酷的一面，让她学会保护自己，不被他人利用和轻视。

神秘主义者——教会她爱自己。

养育者的优点

- 花很多时间跟孩子、学生或者病人等需要她照顾的人相处。
- 把别人的利益放在自己的利益前面。
- 以助人为己任。
- 身边有她很好。
- 对周围的人很有帮助。
- 专注的倾听者。
- 对家庭全心全意。
- 慷慨大方。
- 喜欢待在家里。

养育者的缺点

- 她人生的全部意义就在于帮助和照顾他人。
- 总是担心她的孩子。
- 自我牺牲，因为不懂拒绝，所以承担了过多的工作。
- 太在意家里人说的话。
- 身边必须要有需要她照顾的人。

养育者的反面角色：过度控制的母亲

作为一个反面人物，养育者可能会拐走别人的小孩来抚养。她可能会偷走别人的创造性成果，以期获得社会的称赞。

她会以帮助为名，控制别人的人生，就像《战栗游戏》（*Misery*）中的安妮·威克斯（凯西·贝兹饰）那样。

她是那种对自己的小孩下毒，然后送到医院再因为种种辛苦的看护受到赞扬的母亲。她是那种把自己的失望投射到女儿身上的母亲，这样她的女儿就不会离开家独立。她善于引发别人的内疚感。

她做每一件事的出发点都是人们需要她。她以为别人都离不开她，实际上是她离不开他们。她相信自己是在帮助别人，实际上她只是让自己忙着别人的生活，借以忘掉自己的人生。

她是一个依赖性极强的人，如果身边没有人做伴就无法正常生活。

当一段关系结束的时候，她会受到毁灭性的打击，极为无助，被人抛弃的恐惧一直缠绕着她。她缺乏自信，无法独立做事。她努力照顾他人，确保其他人也会在将来照顾她。她独自一人时就会觉得很无助。

她觉得自己把一生都用在了养育孩子上面。她为他们牺牲了一切。她需要他们的尊敬和服从。

过度控制的母亲

- 觉得别人想要把她弃置一旁。
- 以为别人离开她就活不下去，实际上刚好相反。
- 觉得自己之所以做某事是为了别人好，实际上却伤害了他们。
- 别人不需要的时候，硬要插手。
- 用内疚感来控制他人。

- 当自己受伤或者需要帮助时，会夸大事实。
- 主动做一些分外之事，以显得自己很有用。
- 偶尔会表现得非常好，让别人困惑。
- 缺乏自信。
- 没法一个人做事。

影视、文学、历史中的得墨忒耳

养育者/过度控制的母亲类型的电视剧角色

●《脱线家族》（*The Brady Bunch*）中的卡罗尔·安·布雷迪（佛罗伦丝·亨德森饰）

●《欢乐一家亲》（*Frasier*）中的达芙妮·穆恩（简·里夫斯饰）

●《人人都爱雷蒙德》（*Everybody Loves Raymond*）中的玛丽·巴隆（多莉丝·罗伯茨饰）

●《圣女魔咒》中的派珀·哈里威（霍莉·玛丽·库姆斯饰）

●《反斗小宝贝》（*Leave It to Beaver*）中的琼·克莉佛（芭芭拉·比林斯利饰）

养育者/过度控制的母亲类型的电影角色

●《尽善尽美》（*As Good As It Gets*）中的卡罗尔·康奈利（海伦·亨特饰）

●《史帝拉·达拉斯》（*Stella Dallas*）中的史帝拉·达拉斯（芭芭拉·斯坦威克饰）

●《钢木兰》（*Steel Magnolias*）中的林恩·伊屯顿（莎莉·菲尔德饰）

●《甜心先生》（*Jerry Maguire*）中的多萝西·博伊德（蕾妮·齐薇格饰）

在不少经典电影里，女性角色所做的就是守着家庭和照顾男人起居。西部片里这样的角色比比皆是。她们总是站在门口，注视着男人们，包扎着他们的伤口。

养育者/过度控制的母亲类型的文学形象或历史人物

- 弗洛伦斯·南丁格尔[①]
- 特蕾莎修女[②]
- 《美女与野兽》中的美女
- 《玛丽·波平斯》（*Mary Poppins*）中的玛丽·波平斯，帕梅拉·林登·特拉弗斯著
- 《哈克贝利·费恩历险记》中的寡妇道格拉斯，马克·吐温著
- 《小妇人》中的梅格·马奇，路易莎·梅·奥尔科特著
- 《罗密欧与朱丽叶》中的护士，莎士比亚著
- 《垂死的教训》（*A Lesson Before Dying*）中的爱玛小姐和娄婶，欧内斯特·盖恩斯著
- 《廊桥遗梦》中的弗朗西斯卡·约翰逊，罗伯特·詹姆斯·沃勒著
- 《理智与情感》中的埃莉诺·达什伍德，简·奥斯汀著
- 《百年孤独》中的祖母，加夫列尔·加西亚·马尔克斯著
- 《油炸绿番茄》中的露丝，范妮·弗拉格著
- 《宠儿》中的塞丝，托妮·莫里森著
- 《战栗游戏》中的安妮·威克斯，斯蒂芬·金著
- 《超异能快感》（*Practical Magic*）中的莎莉·欧文斯，爱丽丝·霍夫曼著

---

① 弗洛伦斯·南丁格尔（Florence Nightingale，1820—1910），英国护士，近代护理事业创始人。她于 1854 年到克里米亚野战医院工作，成为该院的护士长，被称为“克里米亚的天使”，又称“提灯天使”。“南丁格尔”也成为护士精神的代名词。

② 特蕾莎修女（Mother Teresa of Calcutta，1910—1997），著名天主教慈善工作者，主要为印度加尔各答的穷人服务，1979 年被授予诺贝尔和平奖。

7

赫拉：女族长与被嘲笑的女人

赫拉，掌管婚姻和生育的强大女神，把银河系里的繁星洒向地球。希腊神话中的大力英雄赫拉克勒斯，他的名字的意思是“荣耀归于赫拉”，这是她强大力量的又一证明。当宙斯对她有意时，赫拉能够抗拒宙斯的魅力，直到他答应与她结婚。他后来背叛了她，使她有了复仇之心。婚姻的誓言对她来说是神圣的，她不会离开宙斯、放弃他们的婚姻。她用她的力量维系着神的家族，主持公道，给出建议。

女族长

女族长是一个掌管大权的女子。她会顾全家庭成员的需求，也要求得到他们的尊敬。她需要她的家庭，她也努力使他们相信自己需要她。她除了贤妻良母之外，没有别的身份，不过跟养育者不同，她非常厉害，足智多谋，意志坚强。如果她的丈夫不忠，她不会忍气吞声，不会无动于衷、由着别人欺负到她头上。

她是一个非常坚强、忠实的妻子。没有哪个原型能像她那样，是一个满怀爱意而且忠诚的妻子。无论发生什么，她都不会丢下家人或者朋友不管。只要她愿意，她可以提供很大的支持和帮助，她也需要对方给予她同样的回报。每个人都会向她寻求建议。

举行婚礼那天是她人生中最重要的一天。她希望那一天永不结束。当她步上红毯时，心里的那种满足感令她着迷。所有的目光都落在她的身上，她是众人注意力的焦点和仰慕的对象。她的丈夫从此成为她的人生，她把两人的结合视为一种法定协议，就好像两人一起建立了一个公司。她想要成为一个完美的妻子，不过她这么做并不是为了让她的丈夫高兴，而是为了让自己开心。她以持家有道为荣。

如果没有自己的家庭，她会把所有的精力和能量投入到创建自己的公司上面，把员工看成某种意义上的家庭成员。

女族长关心什么？

● 女族长在意妻子的角色，结婚后，如果丈夫和其他家人不在身边，就会感觉不完整。婚姻带给她威望，她举行婚礼的那一天是她人生中最快乐的一天。婚姻誓言对她来说是神圣的，她看重承诺。

● 她希望能把一个大家庭聚拢在一起，即便家人们离家去往其他地方，她仍然希望对他们保持一定的控制力。她觉得他们需要她的帮助。

● 她喜欢制订计划、张罗聚会。每个人最好都记得出席，不然她会耿耿于怀。没有什么比家庭聚会更为重要。

● 她的丈夫就是她的身份；其他家人排在第二位。她疼爱自己的孩子们，还会接手照看孙儿们。她的儿媳可能会因为她照看孩子方面的建议而恼火。因为她的建议不容辩驳。

女族长害怕什么？

● 女族长害怕自己永不结婚、永远没有孩子。她结婚后又害怕失去丈夫，她会紧跟着他，无论境遇好坏，不离不弃。她会尽最大的努力维护自己的婚姻。如果她没有家庭，她就会花大力气经营自己的公司。

● 她害怕老去和孤独。她害怕孩子们想要离家的那一天，也讨厌丈夫出差在外的时间。独自一人时，她就不知所措。

● 她害怕失去对孩子们的掌控，不过她很好地隐藏了这一点。她是一个斗士，如果一个孩子吸毒成瘾，需要一个强有力的人帮助他戒毒，她会是最好的人选。如果这个孩子在今后的人生里都觉得欠她人情，那也不能怪她。

女族长的动力是什么?

● 爱、归属感与他人的尊敬是女族长的强大动力。她渴望家庭，渴望无条件的爱与支持。她可能在她丈夫的事业里花了无数心血，所以希望自己的努力能得到承认。如果他因此得了什么奖项，他最好记得在演讲词里感谢她!

● 婚姻与盛大的婚礼是她人生的追求。完成了自己的婚礼后，她又会希望在大家庭的其他成员的婚礼中大显身手。她插手别人的事，提出要求，对别人的婚礼指手画脚。

其他角色如何看待女族长?

● 她总是站得笔直，保持坚强的姿态，哪怕面对侮辱也高昂着头。

● 她在衣着问题上总是考虑适应丈夫事业的风格，这使她看上去显得非常支持丈夫的事业。他的事业就是她的事业。

● 有时候，她会躲在一旁偷听孩子们私下的谈话，留意他们的动向。如果家里发生什么事，而她事先竟然毫不知情，那是她绝对不能容忍的。

● 她看上去很难亲近，好像随时会冲着你吼叫或者嘲笑你。她不会让孩子们觉得他们可以跟她开玩笑。她永远是对的，她的话就是法律。

● 她的力量使她成为家里的主心骨。

发展性格弧线

看一下你的角色在故事中的主要目标，再想一下你选择了哪些她害怕的事物来挑战她。她需要学会什么来克服她的恐惧？她需要学会独自生活？她需要学会面对丈夫的去世和他留下的事业么？她需要跟病痛斗争，保证充足的休息时间，放开对家庭的控制么？

通常，一个女族长需要学会不单对丈夫尽心，也要对自己尽心。她一结婚就放弃自我，全心全意做一个完美妻子。她所做的一切都是为了丈夫，她一刻也不愿意离开他。她需要认识到依赖别人得来的快乐最终只会导向悲伤。

童年时发生了什么事，使得这个原型主导了她的性格？是因为她母亲的一举一动完全受父亲控制，而她发誓自己决不那样生活？她是不是被教导要在左邻右舍面前表现得完美？在她幼年时，她的家庭是不是因为父母离异而破碎？

这个原型要跟以下原型搭配，才能成长：

独裁者——从她手中夺走控制权，颠覆了家庭体系。

愚者与少女——让她看到青春、爱与自发性，学会放手。

神秘主义者——教她探视自己的内心，了解自己究竟是怎样的一个人。

父亲的女儿——教会她拥有自己的事业，如何成为一个具有团队精神的人，而非一个独裁者。

女族长的优点

- 喜欢花时间跟家人在一起，即便有时他们把她气坏了。
- 喜欢招待客人。
- 喜欢办派对、张罗家庭聚会。
- 对婚姻全心全意。
- 经常梦想着自己的婚礼。

- 如果没有自己的家庭，会组建一个公司来代替家庭。

女族长的缺点

- 她的快乐依赖于丈夫或者朋友的爱。
- 当她找到真命天子时，就会把其他朋友抛到脑后。
- 侵犯孩子的隐私权，因为想要监控他们。
- 把自己的身份和家庭捆绑在一起。
- 把丈夫的形象和事业置于自己之前。
- 需要整齐有序到病态的程度。

女族长的反面角色：被嘲笑的女人

作为一个反面人物，当女族长感到被丈夫或其他家人抛弃的时候，她的怒火和力量会席卷四周。如果她的丈夫与人有奸情，她的愤怒和报复会波及身边的每一个人。她倾向于怪罪其他女人，而不是她的丈夫。她把自己跟丈夫如此紧密地绑在一起，她只能相信这一切都是别的女人的错，她的婚姻依然是可以挽救的。她是那个掌权的人，她可以重新控制她的丈夫。

如果她的人生里没有某种家庭可经营的话，她的人生就毫无意义。她需要一切都在掌控之中。混乱的局面是她不容许的。为了保护家庭的完整，采取任何措施她都不会觉得过分。

她性情顽固、冲动，有时难以预测。她竭尽全力防止真实的或是想象中的抛弃发生，情绪也随之起伏不定。她对自己人生的长远目标、事业选择、个人身份都不确定，感觉空虚，容易发怒。

她有消极攻击的倾向，她会告诉家庭成员他们可以做些她不赞同的事，而她的行动会让他们明白绝不可以。她甚至会用自杀、自残等方式获取注意。

她觉得自己为家庭付出了一切，他们应该用忠诚回报她。她掌控着一切事物，如果其他人不喜欢，那就太糟了。没有人可以离开这个家庭。对她来说，背叛是所有事件里最可怕的。她宁可看她的丈夫毁掉他自己，也不愿看到他毁掉他们的神圣婚姻。她宁可他死掉。

被嘲笑的女人

- 害怕被丈夫或其他家人抛弃。
- 跟丈夫的关系如此紧密，好像两个人合二为一。
- 她不能看清他的真实面貌。
- 为争夺控制权而斗争。
- 竭尽所能保全颜面。
- 不让他人得知她的家庭问题。（她的孩子们可能因此而得不到帮助。）
- 有消极攻击行为。
- 冲动。
- 对自己的身份不确定。
- 可能有自杀倾向——为了获得注意。
- 可能烦躁易怒、喜怒无常。

影视、文学、历史中的赫拉

女族长/被嘲笑的女人类型的电视剧角色

- 《罗珊娜》（*Roseanne*）中的罗珊娜・康纳（罗珊娜・巴尔饰）
- 《老友记》（*Friends*）中的莫妮卡・盖勒（科特妮・考克斯饰）
- 《马尔柯姆一家》（*Malcolm in the Middle*）中的罗伊斯・威尔克森（简・卡兹玛瑞克饰）

女族长/被嘲笑的女人类型的电影角色

- 《大老婆俱乐部》（*The First Wives Club*）中的布伦达・库什曼

（贝蒂·米德勒饰）

●《母女情深》（*Terms of Endearment*）中的奥罗拉·格林威（雪莉·麦克雷恩饰）

●《亲爱的妈咪》（*Mommie Dearest*）中的琼·克劳馥（费·唐纳薇饰）

●《美国丽人》（*American Beauty*）中的卡罗琳·伯哈姆（安妮特·贝宁饰）

●《女人心海底针》（*She-Devil*）中的露丝（罗珊娜·巴尔饰）

女族长/被嘲笑的女人类型的文学形象或历史人物

●《哈姆雷特》中的王后格特鲁德，莎士比亚著

●《喧哗与骚动》中的康普生太太，威廉·福克纳著

●《白色夹竹桃》（*White Oleander*）中的英格丽，珍妮特·菲奇著

●《阿瓦隆的迷雾》（*Mists of Avalon*）中的维维安，玛丽安·纪默·布蕾利著

●《撒种的比喻》（*Parable of the Sower*）中的劳伦·奥拉米娜，奥克塔维亚·巴特勒著

●《复仇女神》（*The Furies*）中的奥尔德拉，苏西·麦克凯·查纳斯著

●《傲慢与偏见》中的贝内特太太，简·奥斯汀著

●《飞越疯人院》（*One Flew Over the Cuckoo's Nest*）中的护士长拉契特，肯·凯西著

8

赫斯提亚：神秘主义者与背叛者

在闪烁的炉火旁，赫斯提亚赐福给世间的家庭，使其拥有女性的包容和理解、亲人得享团圆。她给周围的人带来喜悦、平静和幸福。在寂静的深夜里，人们都在熟睡，她则坐在窗边沉思，分享着森林里夜行动物的快乐。她一坐就是几个小时，回顾着一路走来的旅程。不管世界带来什么消息，她的内心都保持着平和与宁静。

神秘主义者

赫斯提亚是一个宁静神秘的女人。她喜欢独处，沉浸在自己的思绪里。她的静谧气质让周围的人都感到好奇。她怎么能一副过得毫无压力的样子呢?

她能把家里收拾得窗明几净，轻松愉快地处理每件家庭事务。她觉得烤面包给家里人吃也是一件光荣的事情。她丝毫不觉得自己比那些身居要职的女性逊色。她的心智不会轻易被人操纵，她是少数几个能够抵挡阿芙洛狄忒的性与婚姻诱惑的女神之一。她心平气和，为自己所做的选择而自豪。比起婚姻或者各种尘世的欲望，她更喜欢修女的精神生活。

她有时会做些冥想、占卜，或者信萨满教之类。她的内心世界很丰富，感觉极为敏锐。她能感受到别人的思想情感，这一方面使她心中常怀有深切的怜悯，一方面也使她与人相处时更加谨慎和提防。

神秘主义者关心什么？

● 神秘主义者喜欢简单。给她一个住所，让她可以自由自在地生活，她会用心守护这个家。她举止温柔——但是绝对不要入侵她的私人空间！她需要空间来保持自己的创造力；一个工作室或者一个花园都很适合她。

● 独自做做家务让她觉得很快乐，她从来不需要一个女佣。

● 她没有想要孩子的强烈欲望。她喜欢孤独，即便被关在监狱里也不会像亚马逊女子那样觉得难以忍受。

● 她做什么都不慌不忙。一次只做一件事，专注于每一步，自得其乐。在她看来，没有什么工作是卑微的，时间是不重要的。

● 资源回收利用和环保意识对她来说是重要的，但她不会对别人说教。她喜欢待在大自然中，弄弄草药对她来说是度过闲暇时光的最好方式。

神秘主义者害怕什么？

● 神秘主义者努力想要克服自己的恐惧，不过并非总能成功。她害怕失去属于自己的地方，在那里她可以远离人们的喜怒哀乐，自由自在。

● 她可以接受靠别人养活，不过想到自己随心所欲的生活要依赖另一个人，会让她不太舒服。

● 失去家园或避难所会给她带来巨大的痛苦，不过她知道自己走到哪里都能重建一个家园。对于神秘主义者来说，心之所在，即家园所在。

● 任何破坏她的隐私和独处的事物都是她的敌人。

● 她害怕身处人群之中，因为她非常敏感；她总能感受到别人的情绪，所以公众场合让她难以负荷。她会选择深夜去买日常用品，来避开人群。

● 她不愿成为焦点，所以离竞争越远越好。她不想看到别人输给她。她觉得每个人的努力都应该得到认可。

神秘主义者的动力是什么?

● 对于平衡的审美追求——生活的一种秩序感、一种跟更广大的力量联系起来的感觉——是她的动力。她有建立联系或者进行创造的精神需求，这样她会觉得自己在地球上不是孤立的，会感受到周围的生命力。

● 拥有独处的闲暇时光和安全感，是她的一个很大的动力。她会尽力维护宁静安详的家庭氛围。她会选择自己动手修理水龙头，不去叫管道工。

● 他人的困境有时候会触动她，使她投身到某项事业中去。她相信每个人都有自己的因果报应。

其他角色如何看待神秘主义者?

● 人们觉得她安静、沉着、不慌不忙，不是一个同时做许多事的人。

● 她很有耐心，会花几个小时倾听人们诉说他们的问题，不求什么即时的回报。有人会认为她是一个轻信、容易被骗的女人，实际上她是个睿智而善于理解他人的女子。她心里自有主张，不过大多数人没有意识到这一点。

● 她穿衣只看重舒适，不在意潮流。她喜欢穿二手店里的衣服，体现她独特的朴实风格和循环利用的节俭意识。

发展性格弧线

看一下你的角色在故事中的主要目标，再想一下你选择了哪些她害怕的事物来挑战她。她需要学会什么来克服她的恐惧？她需要学会为自己挺身而出么？她需要在公众面前演讲来保住她的家园么？她想要结婚可是又害怕承诺么？

很多时候，神秘主义者需要学会肯定和自信，不然她的需求就无法被满足。她需要走出家门，进入社会，感受生活。她需要明白恋爱并不会让她失去自我，而正是这种恐惧让她逃避承诺。她还需要认识到外面还有其他的神秘主义者，她不用孤军奋战。就像《老友记》中的菲比一样，她可以不管他人的看法，做独特的自己。她需要找到并表达出她的自由精神。

童年时发生了什么事，使得这个原型主导了她的性格？她遭到虐待，躲到了自己的世界里么？她感受到太多的痛苦，所以选择远离俗世生活么？有人鼓励她学习超能力么？她的母亲对超自然现象很感兴趣么？

这个原型要跟以下原型搭配，才能成长：

角斗士——教会她体验和表达强烈的情感。

引诱者或者诱人缪斯——教会她性感，打开她内向、安静的天性。

救世主——使她进一步进入精神领域，给她一个实践信念的机会。

神秘主义者的优点

- 多数时候喜欢一个人待着。
- 想尽办法维护和平。
- 喜欢自己的家庭生活和孤独。
- 缓慢、细致地做一件事，好像时间绰绰有余。
- 能够抵挡他人的操纵。
- 乐于过一种精神生活。
- 可能对神秘学感兴趣。
- 没有物质欲望，身边没有昂贵的物品。

- 可能是个素食主义者。
- 热衷于循环利用和保护地球。
- 不介意被人视为怪人。

神秘主义者的缺点

- 不知道如何跟别人一起玩乐。
- 过着与世隔绝的生活，哪怕其他人近在咫尺。
- 腼腆，有时甚至有些胆怯。
- 需要学会变得有魄力和自信。
- 活在自己的想象里。
- 不太愿意留在“这里”，可能梦想着其他的星球或者时空。

神秘主义者的反面角色：背叛者

作为一个反面人物，神秘主义者是那个看上去安静善良，背地里却偷偷毒死了丈夫的老妇人。她会用她安静善良的一面隐藏起黑暗的一面，使得人们都无法相信她会做出什么坏事来。她开朗的性格掩饰了内心的那个恶魔。

她非常谦虚、低调，人们觉得她就是一个温柔、腼腆的人，不会做什么坏事。当人们发觉她并不是他们所想的那样时，他们感到自己被深深地欺骗了。他们原本对她的评价要高于大多数女人。

当她感觉自己被某个家庭成员困住时，她会发怒，试图重新夺回对自己的生活和家庭的控制权。别人的拒绝也可能会使她失控。

她习惯避开人群和社交场合。她害怕做错事，希望自己能在所有场合让所有人满意。这给她带来太大压力，她会情绪失控。她觉得自己能力不足，害怕别人的排斥。她没有亲密的朋友，为人拘谨，缺少社交能力，不愿冒险。

她觉得人们从来没有真正地审视过她，从来没有看到她内心深处真实的自我。她很高兴给他们一个“安静小女人”的形象来掩盖自己与众不同的天性。结婚后，她可能会觉得丈夫很碍眼，因为他夺走了她的宁静生活。即便她杀了人，她也会为自己辩护说她是让对方在无知无觉、毫无痛苦的状态下死去的。

背叛者

- 时常感觉自己被困住了。
- 利用“安静小女人”的形象。
- 首先考虑自己。
- 取人性命或是打破戒律，都不会良心不安，因为她去教堂，也按时纳税。
- 信赖陌生人的善意。
- 让别人觉得帮助她是件很好的事，消除他们的戒心。
- 说谎行家。
- 可能是个反社会的人（可能是某种心理疾病引起了她的反常行为）。
- 缺少社交能力。
- 不敢冒险或是主动交朋友。
- 想要一个人待着。
- 感觉自己做得不够好，害怕别人的排斥。
- 想要让身边每一个人满意，可能因为压力过大而发怒。

影视、文学、历史中的赫斯提亚

神秘主义者/背叛者类型的电视剧角色

- 《老友记》中的菲比·布菲（丽莎·库卓饰）
- 《达尔玛和格莱格》（*Dharma & Greg*）中的达尔玛·蒙哥马利（珍娜·艾夫曼饰）

●《吸血鬼猎人巴菲》中的威洛·罗森伯格（艾莉森·汉尼根饰）

神秘主义者/背叛者类型的电影角色

●《疯狂杀手俏妈咪》（*Serial Mom*）中的贝弗利·萨特芬（凯瑟琳·特纳饰）

●《屠夫的灵媒娇妻》（*The Butcher's Wife*）中的玛丽娜（黛米·摩尔饰）

●《安妮·霍尔》（*Annie Hall*）中的安妮·霍尔（戴安·基顿饰）

神秘主义者/背叛者类型的文学形象或历史人物

●《超异能快感》中的杰特阿姨和弗朗西斯阿姨，爱丽丝·霍夫曼著

●《桃乐丝的秘密》（*Dolores Claiborne*）中的桃乐丝·克莱本，斯蒂芬·金著

●《阁楼里的花》（*Flowers in the Attic*）中的祖母，V. C. 安德鲁斯著

●《北非情人》（*Hideous Kinky*）中的朱莉娅，埃斯特·佛洛伊德著

●《天使与昆虫》（*Angels and Insects*）中的尤金妮亚·阿拉巴斯特，A. S. 拜厄特著

●《小妇人》中的贝丝·马奇，路易莎·梅·奥尔科特著

●《意外的旅客》（*The Accidental Tourist*）中的穆里尔·普里切特，安妮·泰勒著

●《欲望号街车》（*A Streetcar Named Desire*）中的布兰奇·杜波依斯，田纳西·威廉斯著

9

伊西斯：女救世主与毁灭者

圣光笼罩中的伊西斯行走在地球上，每到一处都带来转变和知识。她照亮接触的一切事物。她一人拥有影响他人生死的话语，因为只有她知道神秘密的名字。支持她的一方会得到神秘的永生，而那些想要保持原样的人会害怕她改变一切的力量。他们会跟变革斗争到底，诅咒她的存在，称她为邪恶。她不在意这些封闭的心灵，继续帮助她的孩子们获得救赎和自由，完成她的使命。她就是美、爱、慈悲与改变。

女救世主

救世主是雌雄同体的。这个原型的男女版本几乎是完全相同的，区别仅在于男救世主宣扬和指出通往爱和启蒙的道路，而女救世主本身就代表着通往爱和启蒙的道路。这也许就是为什么我们听到的更多的是关于男圣徒和瑜伽修行师的事迹。

女救世主原型中可能包含其他某种原型的特质，以帮助她更好地实现目标。比如圣女贞德是她的人民的拯救者，她在战争中又体现出阿尔忒弥斯/亚马逊女子类型的特质。

女救世主自己可能并不明确地知晓她与神之间的联系，只是不知不觉被内心驱使着去完成重要的使命。她忙于实现某个精神方面的目标的行动并非一时的；她的一生似乎都是在为了某个目标而奋斗，而她的目标影响了千万人的人生。

女救世主能看到任何问题的全景。她并不急于得出结论，或是卷进日常生活里的八卦和狗血情节。她是一个超然的观察者，能看到全局，理解每一方的想法。

她尊重所有的宗教和信仰体系。她奉献自己，因为她知道她所付出的会得到三倍的回报。

由于性别的关系，女救世主不会那么轻易地被大众视为精神领域的权威。如果她保持沉默，让别人谈论她一段时间，她之后会得到说出她的观点的机会。如果她的观点只是关于女性品质里的爱与慈悲的，大众会比较容易接受，但是她带来的信息可能比那些要尖锐得多，就像贞德那样。这会给她带来麻烦，除非男女真的平等。她可能会被视为歇斯底里的人，或者被推到一边，说她不过是一个“家庭主妇”，以此贬低她和她的成就。

她可能不知道自己与神的联系，只是被一种与生俱来的力量驱使着去实现某个目标，不惜牺牲自己。想一下那些为争取女性投票权而做出巨大牺牲的女子，想一想罗莎·帕克斯拒绝给白人让座时所冒的风险。

女救世主关心什么？

- 女救世主理解父权社会中女性的困境，关心女性地位的提高。
- 关心自己也关心他人。对她来说，每个生命都是神意的体现。
- 她关心他人，能看到人们身上圣洁的本性。她希望每个人都能得到精神上的成长。
- 她特别关心孩子和小动物，因为这些幼小的生命无法照顾好自己。
- 比起治愈身体，她更看重治愈心灵。如果一个人需要从痛苦中学习，她就不会解除他的痛苦，哪怕她是一个很好的治疗师。

女救世主害怕什么?

- 女救世主害怕人们会被坏人或者他们本身的欲望带上邪路。
- 她害怕自己会被迫害，同时也把它视为自己命运的一部分。她能看到每件事背后的意义，只有在亲人因为自己的行为而遭受迫害时感到痛苦。
- 她害怕自己没有足够的时间来完成使命，或是只能眼睁睁看着别人受苦。

女救世主的动力是什么?

- 跟一种伟大的力量联系起来的审美需求给了她动力，此外还有她想要付出和得到无条件的爱的愿望。
- 她知道自己必须跟内心的魔鬼斗争，才能保持跟神性的联系。她感受过清澈澄明的时刻，不过她必须学会把这种经历和日常事务结合起来。她不把自己置于别人之上。
- 她的目标如此明确，以至于无法做其他事，一定要全心全意达成目标。

其他角色如何看待女救世主?

- 别人不是觉得她很好就是觉得她很坏，没有中立的评价。人们或者觉得她理想主义、疯狂、自我膨胀，或者觉得她圣洁、睿智、具有奉献精神。不过对她来说，都一样。
- 很多人嫉妒她与神的联系，尤其是那些教会人士。想一下圣女贞德，她由于跟神的联系而说出的那些话，使她最后被火烧死。

发展性格弧线

这个原型的性格不一定会改变，相反，通过经历那些令人害怕的事她会变得更加强大。

看一下你的角色在故事中的主要目标，再想一下你选择了哪些她害怕的事物来挑战她。她需要学会什么来克服她的恐惧？她需要学会在愤怒的人群中保持镇定么？她需要把自我从团体中独立出来么？她需要学会为自己的信仰挺身而出么？

很多时候，救世主需要学会放下事件的结局，相信指引她的神灵。她应该坚定立场，不论结局如何，都要充分相信自己。

她需要面对那些指责她的人和她自身的困惑。如果她极度通灵和敏感，她可能会怀疑自己是否神志清醒。当她第一次表明立场的时候，其他人对她的看法可能会给她带来很大的压力。

她的目标或者观点是什么时候变得清晰明确的，又是什么原因引起的？她接受了洗礼么？她经历了某种成长仪式么？她的父母都是积极的社会活动家么？他们是知识分子还是宗教界人士？她小时候就敏感又通灵么？她是否曾经看到人们遭到伤害或者得到帮助？

这个原型更多的是帮助其他角色成长，而非自我成长：

- 她和少女原型一起会找到欢笑。
- 跟神秘主义者一起会得到宁静。
- 保护者能够保护她。
- 巫师对她来说是个挑战。

女救世主的优点

- 关心别人胜过关心自己。
- 对于自己是个怎样的人有清醒的认识。
- 有坚定的信仰体系帮她克服困难。
- 当她还是孩子的时候，看上去就比大多数成人更加聪明老成。
- 愿意为大家的利益牺牲自己。
- 为信仰挺身而出，不计后果。
- 愿意放弃物质财产。
- 能与大自然和谐相处。

● 内心有种永不枯竭的力量。

女救世主的缺点

● 就算真相残酷，还是会告诉人们真相。

● 为了帮助别人成长，会把他们推向绝境。

● 自我怀疑。

女救世主的反面角色：毁灭者

女救世主的反面角色并不是一个只关心自己得失与欲望的反派，她是一个为了保护所有人的最高利益而做出可怕举动的反派。作为一个毁灭者，她会投掷原子弹来制止希特勒——用意是好的，手段是残酷和毁灭性的。她是一个会说这番话的母亲："是我把你带到这个世界上来的。如果你行为不端的话，我会再把你带离这个世界。"

她做这一切是为了你好，不是为了她自己。她会为了拯救大多数人而杀死一个人，可是万一那个人是她的孩子呢？她做这些决定时几乎毫不手软、冷酷无情。就算她能治好你的病，如果她觉得死亡更有利于你的精神成长，她就会选择眼睁睁地看你死去。

她做这些事情时不带任何个人情绪，就好像她被神设定好了程序来做这些，像一个收到指令完成某项任务的机器人——不假思索。

她不在意别人怎么看待她的行为；他们永远也不会了解她的力量有多大、她的负担有多重。她相信每个人都有自己的因果报应。善待他人，不然她会帮助别人对付你，来教会你珍贵的一课。

毁灭者

● 世界对她来说非黑即白。

● 认为伤害一个人来拯救更多人是理所当然的。（她只在意灵魂的救赎，不在意肉体的毁灭。）

● 觉得改变带来的痛苦是必要的。

- 喜欢考验人们，挑战他们的极限。
- 是一个残酷的正义行使者。
- 为了所有人的更大福祉而惩罚部分人。
- 知道有些事是无法解释的。
- 不会试图宽慰别人或是厚此薄彼。

影视、文学、历史中的伊西斯

救世主/毁灭者类型的电视剧角色

- 《天使有约》（*Touched by an Angel*）中的莫妮卡（萝玛·唐尼饰）

救世主/毁灭者类型的电影角色

- 《圣女之歌》（*The Song of Bernadette*）中的伯纳黛特·苏比鲁（珍妮弗·琼斯饰）
- 《第五元素》（*The Fifth Element*）中的莉露（米拉·乔沃维奇饰）
- 《玛丽，耶稣的母亲》（*Mary, Mother of Jesus*）中的玛丽（潘妮拉·奥古斯特饰）
- 《黑客帝国》中的崔尼蒂（凯莉·安妮·摩丝饰）
- 《卧虎藏龙》中的碧眼狐狸（郑佩佩饰）
- 《诺玛·蕾》（*Norma Rae*）中的诺玛·蕾（莎莉·菲尔德饰）
- 《永不妥协》（*Erin Brockovich*）中的艾琳·布劳克维奇（朱莉亚·罗伯茨饰）

救世主/毁灭者类型的文学形象或历史人物

- 圣女贞德
- 神奇女侠

- 亚瑟王传奇中的湖上夫人
- 《阿瓦隆的迷雾》中的戈黛娃·摩根妮夫人，玛丽安·纪默·布蕾利著
- 《她脚下的月亮》（*The Moon Under Her Feet*）中的抹大拉的玛丽亚，克莱斯塔·金斯特勒著
- 《安琪拉的灰烬》（*Angela's Ashes*）中的安琪拉·麦考特，弗兰克·麦考特著
- 《红字》中的海丝特·白兰，纳撒尼尔·霍桑著
- 《指环王》中的盖拉德瑞尔，J. R. R. 托尔金著

10

珀耳塞福涅：少女与问题少女

太阳就要下山了，珀耳塞福涅还在田野里蹦蹦跳跳地摘着花朵。她无忧无虑地四处停歇，看着蝴蝶在脚边翩翩起舞。忽然看到远处有一丛极美的水仙花，她就跑了过去。她全神贯注于眼前的鲜花，没有察觉冥王哈迪斯正从地下升起，要绑架她做自己的新娘，这丛水仙是他的诱饵。残酷的生活现实突袭了她，把她从以往的幸福梦境里唤醒了。她学会用自己的痛苦来帮助他人，引领着死者的灵魂去往安息之所。她母亲失去她的痛苦和为了与她重逢的努力，使她在每年春天百花盛开的时候可以有一段时间重返人间。

少女

少女过着无忧无虑、平安喜乐的生活。“没什么大不了”是她的口头禅。她从不担心什么，因此不会压力过大。她冒险，是因为觉得自己绝不会受伤，所以鼓动其他人跟她一起探险，就像《我爱露西》（*I Love Lucy*）中的露西鼓动埃塞尔一样。她的自信感染了其他人。

这个原型跟年龄无关，即便到了中年，可能还是像个小女孩一样，喜欢派对和玩耍。她一直保持着青春活力。她没有长大，也不想长大。婚姻、孩子、责任在她心里并不是第一位的。

如果发生了一些事情，迫使她面对现实，她会发现自己拥有宽广的胸怀，能够做一个治愈他人、指引他人的人。

少女觉察不到世界里潜伏的危险。心理创伤可能是让她睁开眼睛看清世界的一种成长仪式。有时候她会选择把创伤埋藏在心底，好像什么事情也没有发生过，但是这样一来她就成了一枚定时炸弹，只要相似的情境触发她的记忆，她就会爆发。

少女关心什么?

● 少女关心她和母亲之间的关系。她希望自己只看到别人好的一面，他们帮助她、照顾她。她会三缄其口，保留自己的意见，来维持和谐。

● 她喜欢依赖别人；这样她就不用自己承担起生活的责任。她让别人去操心付账单的问题。

● 她喜欢结识新朋友，过得很开心。她总是注意着新的时尚潮流、玩新的游戏。新颖独特的事物总能抓住她的注意力。她从不觉得无聊。她喜欢参加培训班，因为都是各种名目的短期培训，她每学期都可以遇见不同的人。

少女害怕什么?

● 少女害怕自己做决定。她会不断打扰周围的人，直到有人帮她做出决定。不到万不得已，她不愿自己照料自己。她相信她有力量让别人帮她做事。

● 她害怕其他人成长后冷落她，不再需要她。她需要身边有人陪她玩耍。

● 她最害怕的事是被困在一个朝九晚五的工作里，或是一段束缚她的婚姻里。她需要自己的空间和自由。她精神脆弱。

● 人们觉得她很天真，而她害怕自己被攻击。

● 她并没有完全对世界的痛苦免疫；她只是试图在残酷的现实里

享受人生。

少女的动力是什么?

● 安全和保障是她的动力。她需要知道当她摔落时有人会在那儿接住她。无论她是否经历过生活的残酷，不论贫富，她知道自己需要有人支持她的自由生活方式。

● 如果她曾经遭遇过一个创伤情境，她对安全和保护的需求会增长。

● 对她来说，忠于自我是最重要的事。她需要表达自己的想法和意愿，但与此同时，她也需要讨好他人，比方说，确保自己不被置于遗嘱之外。

● 她喜欢自己与众不同、成为众人谈论的焦点，喜欢做一些让人吃惊的事。她喜欢露西·里卡多。

其他角色如何看待少女?

● 女人们觉得她年轻、缺乏经验，有些孤傲离群。男人们觉得她迷人，又像个孩子，是他们可以控制和拯救的女子。她好像比较容易吸引支配型的男人。

● 很多男人说自己被她的纯真所吸引，想要照顾她，不过他们可能会变得过度保护，到专横的程度。他们喜欢她，因为她让他们找到了青春的感觉。

● 她有时穿戴少女的服饰，有时则穿戴性感迷人的服饰。

发展性格弧线

看一下你的角色在故事中的主要目标，再想一下你选择了哪些她害怕的事物来挑战她。她需要学会什么来克服她的恐惧？她需要学会照顾自己么？她需要发掘自己灵性的一面么？她需要超越自己总是想要人陪、想要参加派对的欲望么？

少女需要学会自立。她需要养活自己，做出承诺。她需要对自己的能力有信心，在自己的性格里看到力量。她需要认识到生活的残酷，摘下玫瑰色的眼镜。

其实她可以成长为一个内心坚强的人，无私地帮助他人，引领他们走出困境、走出伤痛。她需要认识到自己拥有的力量。如果她能学会内审、学着看清自己，她会发现自己内心深处是非常纯真无邪的。

童年时发生了什么事，使得这个原型主导了她的性格？她被家人娇宠么？她的父母把所有的问题和烦恼都藏起来，不让她知道么？她的姐姐一直照顾她么？她曾经有学习障碍，因而被特殊对待么？

这个原型要跟以下原型搭配，才能成长：

妇女之友——向她展示她内心的力量，帮助她理解和接受她的敏感和与生俱来的灵性。

巫师——可能会以某种方式诱拐她、唤醒她，使她走出自己建造的那个受保护的小世界。

亚马逊女子——教会她如何照顾自己、变得坚强。向她展示如何接受自己的力量，把自己的敏感看成一件好事，还能把她从她的被保护的世界里拉出来。

过度控制的母亲——她的霸道和控制会迫使少女走出家门，学会照顾自己。

少女的优点

- 喜欢玩耍、参加派对。
- 跟母亲关系亲密，否则就会心烦意乱。
- 朋友和兴趣更换频繁；喜欢多样。
- 对未来没有规划，除了琢磨周六晚上怎么度过。
- 显得非常纯真温柔。
- 是一个很好的倾听者。
- 能够帮助人们抚平心理创伤。
- 敏感，甚至通灵。

少女的缺点

- 自己的生存和自由要依赖别人。
- 需要别人的关注，喜欢聚光灯。
- 较难维持一段恋情。
- 可能不太了解她的行为的后果。
- 把周围的一切想得太美好，好像自己永远不会碰到什么坏事。
- 把对别人的意见放在心里，不说出来，以维持和谐。

少女的反面角色：问题少女

作为一个反面人物，她是一个失去控制的问题少女，沉迷于玩乐、派对、毒品和性——过度沉迷。她不在意成绩和学校的纪律，因为她不在意未来。

她可能犯罪，却不了解自己行为的后果。她可能被人诱骗发生性行为，因为不了解保护措施而怀孕。这些事发生之后，她指望父母或者其他家人能够介入并帮助她。在她看来，他们最好能为她付律师费用、照看孩子、做其他她需要他们做的事。她过去从未为自己的行为负过责任，她现在也不会开始负责。

她有一种消极攻击型人格，口口声声要自立，做出的事情却刚好相反。如果家人和朋友没有来帮她，她会折腾一些事情出来引起他们的注意，甚至用自杀的手段。其他人都要放下手头的事，来优先处理她的傻事。那些关心她的人，别想有一个晚上能安安心心睡一觉。问题少女觉得世界让人厌倦、抑郁、幻灭，她最后通常会被告上法庭，由法律帮她改过自新。大多数时候，童年时期遭受的虐待是造成她对社会感到愤怒的原因。

她有一系列的不负责任的行径，缺乏道德修养；对自己缺乏责任心，靠卖弄风情控制他人。

遇到问题时，她总是以自我为中心。“除了自己，谁都不重要”是她的口头禅。她相信自己是特别的，不受法律约束。她觉得自己有资格跟那些她觉得独特的人在一起。她可能骄傲自大，对他人没有同情心。她经常梦想自己将来会多么成功，因为她值得拥有这一切。

她觉得没人事先告诉她这世界有多么可怕，而且她被生下来也并非出自她的意愿。她希望大家不要干涉她。命是她的，她爱怎么活就怎么活。她没有时间担心明天的事情，也许没有明天呢。她希望到死的时候，回顾一生，生活里满是朋友和欢乐。

问题少女

- 痛恨条条框框与权威。（她是反正统派、非主流。）
- 压抑、易恼怒、自私。
- 偷鸡摸狗、打架斗殴。
- 有求死的念头，做许多危险的事。
- 易受邪教和反动团伙的影响。
- 利用迷人的外表来控制他人。
- 对犯罪同伙讲义气。
- 会存心惹家人生气，因为他们伤害了她。
- 没有爱惜、照顾其他生命的能力。
- 掩埋了真实的自我。
- 觉得自己与众不同，不受法律的约束。
- 幻想着自己未来的成功。
- 不负责任。

影视、文学、历史中的珀耳塞福涅

少女/问题少女类型的电视剧角色

- 《吸血鬼猎人巴菲》与《天使》中的科迪莉亚・蔡斯（查瑞丝

玛·卡朋特饰）

●《我爱露西》中的露西·里卡多（露西尔·鲍尔饰）

●《圣女魔咒》中的菲比·哈里威（艾莉莎·米兰诺饰）

●《老友记》中的瑞秋·格林（珍妮弗·安妮斯顿饰）

少女/问题少女类型的电影角色

●《独领风骚》(*Clueless*) 中的雪儿·霍洛维茨（艾丽西亚·希尔维斯通饰）

●《我为玛丽狂》（*There's Something About Mary*）中的玛丽·詹森·马修斯（卡梅隆·迪亚兹饰）

●《末路狂花》中的塞尔玛·迪金森（吉娜·戴维斯饰）

●《低俗小说》（*Pulp Fiction*）中的米娅·华莱士（乌玛·瑟曼饰）

●《火暴浪子》中的桑德拉·狄（奥莉维亚·纽顿-约翰饰）

●《卧虎藏龙》中的玉娇龙（章子怡饰）

少女/问题少女类型的文学形象或历史人物

● 安提戈涅[①]

● 亚瑟王传奇中的王后格温娜维尔[②]

● 小红帽

●《睡美人》中的奥罗拉公主

●《爱丽丝梦游仙境》中的爱丽丝，刘易斯·卡罗尔著

●《绿野仙踪》中的多萝西，L. 弗兰克·鲍姆著

●《洛丽塔》中的“洛丽塔”桃乐莉·海兹，弗拉基米尔·纳博

---

① 安提戈涅（Antigone），俄狄浦斯的女儿。她不顾国王克瑞翁的禁令，埋葬了哥哥的尸体，因此被克瑞翁下令活活砌在波吕尼克斯的墓中。安提戈涅在墓里自杀身亡。

② 格温娜维尔（Guinevere），亚瑟王的王后，与圆桌骑士兰斯洛特相恋，导致了兰斯洛特与亚瑟王之间的战争。

科夫著

●《神哪，您在那里吗？是我，玛格丽特》（*Are You There God? It's Me, Margaret*）中的玛格丽特，朱迪·布鲁姆著

●《罗密欧与朱丽叶》中的朱丽叶，莎士比亚著

●《哈姆雷特》中的奥菲莉亚，莎士比亚著

●《爱玛》中的爱玛，简·奥斯汀著

●《黛西·米勒》中的黛西·米勒，亨利·詹姆斯著

●《了不起的盖茨比》中的黛西·布坎南，弗·司各特·菲茨杰拉德著

●《宠儿》中的宠儿，托妮·莫里森著

●《德伯维尔家的苔丝》中的苔丝，托马斯·哈代著

第三部分

创造男主角与反面人物

11

阿波罗：商人与背叛者

明亮的阳光下，阿波罗在海边大步行走。他巡视着大海，比起检查水底下的状况，他更喜欢眺望地平线。他关心着远处发生的事情。他随身带着弓箭，可以在较远的距离之外就展开攻击。夜间，他四处行走，照看着纯真的孩子们，搜寻着不法之徒来提升自己作为射手的技艺。他的逻辑思维使他成为正义的裁决者，强大的意志使他可以完成设定的任何目标。

商人

商人是一个忙忙碌碌、时刻想着工作的人。他的强大的逻辑思维能帮助他成为一个很好的合作伙伴，或是一个很好的员工，但是不能使他成为一个好丈夫或是好父亲。他不知道该如何放松、跟孩子们玩耍，所以他总会把工作带回家以避开家庭生活。

跟家人一起度假、玩乐，对他来说是很困难的事。在他看来，建立亲密的关系和长时间彼此陪伴不过是在浪费时间和精力。通常，他会邀请生意上的合作伙伴和他们的家人一起来度假，达到一石二鸟的目的。

他了解世间的因果逻辑，也以此为生活准则。别人也许会输，他却总是可以确定目标，然后加以实现。他的决心坚如磐石，行动清晰准确。他喜欢做计划，为自己和他人设定高标准，但他经常达不到最终目标，因为他少了那股子狠劲去实现它。他在大企业里或是在高校里都会做得不错。

商人关心什么?

● 商人关心他的事业。他能够规划好自己的职业道路，专注于自己的目标。他接手每一个项目、每一次跟人打交道，都会想着这对他推进自己的事业有何帮助。他从不浪费时间、精力，对于那些没有这么热衷于事业的人，他感到难以理解。

● 他喜欢做会议室里那个沉着镇定的人，解决争端，维持秩序与和谐。他会是一个很好的法官，因为他不提倡用武力解决问题，也不会在棘手的情况下卷入肢体上的争斗。

● 他喜欢做战略上的规划，成为团队中的一员。

● 对他来说，竞争是种乐趣，不管对手是男是女。他尊敬那些跟他一样争取晋升的人。他们都是善于规划的人。

商人害怕什么?

● 他害怕失去自己的事业，沦落到为谋生而找工作。他热爱自己的事业；这是他的本质和活着的意义。

● 感情和任何形式的亲密都与他无关。他可能同时有几个女友，因为他害怕跟任何一个人过于亲密。她们需要理解和支持他工作狂式的生活方式。

● 混乱是他的敌人；他没法处理一些自发或随机的事。他必须了解每样事物恰当的位置和存在的理由。他总是按照逻辑思考事情，在生活和工作中都追求秩序。

● 他不太能接受拒绝，尤其是被一个女人拒绝。

商人的动力是什么?

● 自尊和自信是他的动力。他希望被人仰视、他的努力能得到认可，与此同时，他并不想从团队中分离出来。他并不想做一个公司唯一的负责人。

● 竞争会激励他尝试新事物。任何需要他动脑的事情都会让他感兴趣。

● 成功是另一大动力。他会尽一切努力来得到晋升。

其他角色如何看待商人?

● 有些人会觉得他有些势利，因为他只跟那些能够帮助他的公司和他的事业的人攀谈。他不在意别人怎么想。成功比友情更重要。友情不会给他带来退休金。

● 他是一个衣着光鲜的人，但是会跟同事保持基本一致。他有时会打一条漂亮些的领带，稍微突出些，但这是他与众不同的极限了。他想要树立恰当的形象。

● 他对生活没有热爱之情，有时会显得缺乏同情心。没有人能透过他坚定的眼神看出他心里在想什么。

发展性格弧线

看一下你的角色在故事中的主要目标，再想一下你选择了哪些他害怕的事物来挑战他。他需要学会什么来克服他的恐惧？他需要学会独处的快乐么？他需要跟家人多些情感上的交流么？他的妻子去世了，他需要一个人照顾孩子们么？他是否没有得到提拔、事业面临危机？

很多时候，商人需要学会放开自己的拘谨和目标。他需要学会谦卑，培养对他人的同情心。他需要了解自己的情感，发掘跟他人交流的能力，把别人视为有血有肉的人，而非某种职位。

童年时发生了什么，使得这个原型主导了他的性格呢？是他的父母要求他在学校要表现出色，逼着他成功么？他看见过自己的父亲被人羞辱么？他的父母因为没有专注于工作而失去了一切么？他曾经因为身体不协调被批评，长大后就以头脑上的聪明来过度补偿么？

这个原型要跟以下原型搭配，才能成长：

艺术家——能教他感受一些女性特质、爱与柔情。

引诱者——教他不去想自己行为的后果，享受人生。

神秘主义者——教他做一个有灵性的人，教会他如何做自己，而不是用一堆工作和活动来使心灵变得麻木。这段安静的时光也许能唤起一些他想用工作狂的生活方式压抑住的记忆和情感。

蛇发女妖——羞辱他，教他学会谦卑。她能把他的生活搅得天翻地覆，带来混乱和不确定。

商人的优点

- 工作时喜欢融入团队。
- 关心自己工作时的形象，衣着整齐。
- 有完成任务的坚强意志。
- 是一个很有逻辑和战略意识的思考者，可以成为一个很好的分析师、侦探或老师。
- 需要秩序。
- 只对工作和新想法充满热情。
- 忠实、值得信赖。
- 乐意用他的专业知识帮助他人。

商人的缺点

- 过度关心事业。
- 只关注那些对他事业有帮助的人。
- 不善于表达情感。
- 可能骄傲自大。

- 被攻击时，会选择以眼还眼以牙还牙。
- 面对拒绝，不知如何处理。
- 缺乏自发性，痛恨混乱，不灵活。

商人的反面角色：背叛者

商人的反面角色是背叛者。这个人事业第一。如果他看到自己的公司面临危机，他会竭尽全力掩盖公司的过失。哪怕公司真的做了不光彩的事，他的同事为了公道和良心而侵犯到公司的利益，他也一定会告发自己的同事。他的专业知识使他赢得了同事的信任；许多人除了相信他别无选择，因为他们没有足够的知识来质疑他。这使得其他人任其摆布。公司出现问题的时候，他觉得自己是那个做出公正裁决的人，他会用一种冷静甚至冰冷的态度来做出裁决。他对他人毫无怜悯之心，因为他长期以来一直只用头脑，不动感情。

当局面变得混乱时，他会失去控制，做出许多可怕的事情。他的逻辑思维一直使他远离情绪，但当情势有悖于逻辑时，他的心智就接近崩溃边缘。

他用规章制度来避开情感。他是完美主义者，关注细节、规则、清单、命令和日程安排，而这种过度关注恰恰妨碍他完成任务。他事事挂心，不愿把事情交给别人去做，除非他们完全遵照他的方式。如果别人不能照做，他就大发雷霆。他就像电影《生死时速》（*Speed*）里的霍华德·佩恩（丹尼斯·霍珀饰），戏弄着警官杰克·克雷文（基努·里维斯饰），让他通过解谜题来得到线索。他喜欢炫耀自己的发明和专业知识。

很多反面角色并不觉得自己是恶人，而这个反面角色更是深深相信自己是个好人。在他看来，错的是其他人，是他们引起了混乱，而他的境遇本该更好。他想要证明自己是多么宝贵的人才，其他人离不开他。他会把自己的发明卖给出价最高的人，因为他觉得他的努力应该得到回报。

背叛者

- 觉得自己大材小用。
- 希望自己的努力得到认可和尊重。
- 一旦觉得自己被团队抛弃，就不会再有任何忠诚。
- 为使自己的生活恢复秩序，不惜一切代价。
- 想要给别人一个教训，丝毫不认为自己是坏人。
- 不会平静接受拒绝。
- 只背叛那些他觉得背叛了自己的人。
- 极度热衷于组织和实施自己的攻击计划。
- 觉得其他人都是棋盘上的棋子。
- 喜欢长久的斗争，这对自己和对方都是一种挑战。（他甚至还会帮助自己的对手来延长斗争，以从中获得更多乐趣。）

影视、文学、历史中的阿波罗

商人/背叛者类型的电视剧角色

- 《欢乐一家亲》中的弗雷泽・克莱恩博士（凯尔西・格拉默饰）和奈尔斯・克莱恩博士（戴维・海德・皮尔斯饰）
- 《神探可伦坡》（*Columbo*）中的警官可伦坡（彼得・福克饰）
- 《盖里甘的岛》中的“教授”罗伊・欣克利（拉塞尔・约翰逊饰）
- 《星际迷航》中的指挥官史波克（伦纳德・尼莫伊饰）
- 《甜心俏佳人》（*Ally McBeal*）中的理查德・菲什（格雷戈・盖曼恩饰）
- 《家庭关系》（*Family Ties*）中的亚历克斯・基顿（迈克尔・福克斯饰）

商人/背叛者类型的电影角色

- 《独立日》(*Independence Day*) 中的戴维·莱文森（杰夫·高布伦饰）
- 《捉鬼敢死队》(*Ghostbusters*) 中的埃贡·斯宾格勒博士（哈罗德·雷米斯饰）
- 《华尔街》(*Wall Street*) 中的戈登·盖柯（迈克尔·道格拉斯饰）
- 《生死时速》中的霍华德·佩恩（丹尼斯·霍珀饰）
- 《甜心先生》中的杰里·马奎尔（汤姆·克鲁斯饰）
- 《窈窕淑女》(*My Fair Lady*) 中的亨利·希金斯教授（雷克斯·哈里逊饰）
- 《风月俏佳人》中的爱德华·刘易斯（理查·基尔饰）
- 《安妮·霍尔》中的阿尔维·辛格（伍迪·艾伦饰）

商人/背叛者类型的文学形象或历史人物

- 《侏罗纪公园》中的艾伦·格兰特博士，迈克尔·克莱顿著
- 阿瑟·柯南·道尔小说中的侦探夏洛克·福尔摩斯
- 《年轻的古德曼·布朗》(*Young Goodman Brown*) 中的古德曼·布朗，纳撒尼尔·霍桑著
- 阿加莎·克里斯蒂小说中的大侦探赫尔克里·波洛
- 《圣诞颂歌》中的埃比尼泽·斯克鲁奇，查尔斯·狄更斯著
- 《推销员之死》中的威利·罗曼，亚瑟·米勒著
- 《傲慢与偏见》中的达西，简·奥斯汀著
- 《意外的旅客》中的梅肯·利里，安妮·泰勒著
- 《巴比特》中的乔治·巴比特，辛克莱·刘易斯著
- 《审判》中的约瑟夫·K，弗朗茨·卡夫卡著

12

阿瑞斯：保护者与角斗士

所有的神都在高高的山丘上俯视着下面的战场，除了阿瑞斯。他早已全副武装地加入战斗。他战斗是为了满足自己的嗜血欲望，而非为了什么正义的事业。所有运动身体的事情都让他感到愉快，他的热情让所有跟随他的人都气喘吁吁。众所周知，他是团体和家庭的保护者，不过他如此好斗，任何一点理由都能让他加入一场争斗。

保护者

保护者是一个用身体而非头脑去感受生活的人。他对事物有强烈的感受，渴望各种各样的肢体活动。他保护自己所爱之人的态度如此热忱，好像他只是单纯喜欢战斗一样。他可以因为一点小事大动干戈。

他生性多疑，觉得每个人都在跟他作对。他像一个等待爆炸的定时炸弹。同时，他可能非常忠诚，对女人爱护备至，让她们感觉自己很特别，感到被照顾和宠爱。他喜欢亲密的肢体接触并精于此道，是一个很棒的情人。他对自我主导和冒险的追求会使得他突然闯入人们的生活，或是突然离开，不是一个可以托付终身的人。

在他心里，事业并不是最重要的；未来看起来还很遥远。他的生活充满各种各样的冒险，他乐此不疲。

保护者关心什么？

● 保护者喜欢动用武力。他的身体对他来说就是一切，是他体验生活的方式。跳舞、唱歌、大笑、打架——这就是他的人生。

● 不管是在足球场上还是在会议室里，他都要赢得斗争，不过总的来说，他不属于公司职员这种类型。

● 他关心自己的朋友和家人，一有机会就会跳出来保护他们，不考虑后果。攻击他的家人和朋友就等同于攻击他。他可能会把这种保护他人的热情投入到某种慈善事业里，成为一个很棒的社会活动家。当他为其他人的权益而战斗时，会表现得极为出色。

● 他最喜欢的消遣是旅行和美女。

保护者害怕什么？

● 别人是吓不到他的。他只害怕无法掌控自己的身体和失去自身的能力。对他来说，生病或是瘫痪跟死没什么区别。他对一切事物的感受都很强烈。

● 他害怕没能保护好自己关心的人。

● 他讨厌那种一天到晚坐在桌前的工作，也不理解怎么会有人愿意做这类工作。他宁可减少薪酬，去做一个建筑工人，这样至少还有点冒险的感觉。

● 他不爱动脑筋，对任何问题，都喜欢用武力解决。

保护者的动力是什么？

● 他最大的动力是生存。形形色色的攻击对他的生存都是威胁。他每天都过得很紧张。任何小的威胁都可能演变成大的，所以他必须要把它们扼杀在萌芽状态。人们说的很多尖刻的话只是说说而已，但是他很当真。“我不杀人，人必杀我”是他的信条。还有一句则是“以眼还眼，以牙还牙”。

● 没有风险的人生对他来说是无趣的。他不是在保护别人就是在搜寻下一个大的挑战。他是第一个下水的人，喜欢看别人因为不敢跟着他而懊恼。他带着人们跟他一起冒险、享受人生。

其他角色如何看待保护者?

● 别人要么觉得他感情强烈，要么觉得他愚蠢冲动。他活在当下，做事不假思索。他不太在意别人怎么看他，只要自己过得开心。

● 他想要别人感觉到他眼里想要大打一架的欲望。他想要威慑他人。

● 他的衣着风格是实用。他希望行动自如并随时加入一些活动，所以他无论什么场合都不会穿西装。

发展性格弧线

看一下你的角色在故事中的主要目标，再想一下你选择了哪些他害怕的事物来挑战他。他需要学会什么来克服他的恐惧？他需要学会使用头脑而不是单单依靠肢体么？他需要学会静坐和独处么？他是不是要控制自己想要冒险的欲望？他需要学会控制自己的情绪么？他需要选择一份薪水稳定的工作或事业么？

保护者通常需要学会自我控制。他时常勃然大怒，需要学会深吸一口气，退后一步，估计一下形势再做反应。他应该学会用语言而非拳头来捍卫自己。

童年时发生了什么，使得这个原型主导了他的性格呢？他的父亲虐待过他么？他的母亲经常在家跳舞，跟他一起玩游戏么？他在儿时曾被欺负，所以发誓要变得强大么？他曾看着自己的父亲受伤么？他的父母都是社会活动家，教导他要为正义事业而斗争么？他的母亲曾受到伤害，而他不能保护她么？

这个原型最好跟以下原型搭配，才能成长：

国王——教会他自我控制，约束自己的行动。

问题少女——可能并不想被拯救，所以保护者只好学会放开那些不需要他的保护的人。

父亲的女儿——极为擅长使用逻辑思维，能教他用语言做斗争。她的影响力能够让他平静下来，迫使他行动前先思考。

过度控制的母亲——会用她的控制性格教他做一个遵守纪律的人。她的急躁和怒火跟他不相上下，是一个旗鼓相当的对手。如果他对她动手，会付出高昂的代价。

保护者的优点

- 精力过人。
- 会为了娱乐和旅行放弃事业上的成功。
- 会为了挽救所爱之人而斗争，永不放弃。
- 会为了某个正义事业挺身而出，即便其他人都却步不前。
- 喜欢唱歌、跳舞、亲密的肢体接触。
- 总是在寻找下一个大的刺激、挑战或冒险。

保护者的缺点

- 遇到攻击时不动脑筋，只知道动手。
- 表现得好像随时随地都在为生存斗争。
- 总是神经紧绷。
- 不懂得考虑自己行动的后果。
- 手段冷酷无情，信奉以眼还眼。

保护者的反面角色：角斗士

保护者的反面角色是角斗士。他不再去保护或者拯救他爱的人，或为正义事业而斗争。他战斗纯粹是出于对战斗本身和鲜血的嗜好。他作战、毁灭对手，只是为了其中的乐趣和力量。他喜欢听人群的吼声，喜欢看到自己出现在新闻中。

他对冒险的渴望使他把别人的生命置于危险之中，而他毫不在意。他会把车速提到限速的两倍，只为了跟朋友一争高下，置他人的生命安全于不顾。对他来说，人生就是场游戏。

他有根深蒂固、社会适应不良的行为模式，冲动，难以预测。他时常情绪失控，对自我的看法也不稳定。他对自己的行为不负责任，如果遭到质疑，就摆出一副受害者的样子。

压力带来的焦虑折磨着他，还有各种真实的或是想象出来的被抛弃的感觉。他总是感觉内心空虚，要用冒险去填满，让自己和他人陷入危险。他无法忍受一个人待着，总想出去找点事，让其他人头痛无比。

他热衷于战斗，享受挑战和风险，这些事让他觉得自己是活着的。人生如此残酷又无趣，他要自己找乐子。他完全不在意自己的生死，又怎会在意其他人的死活？至少他出现的时候，能够听到人群的欢呼声——一个英雄。他不担心变老，因为他没打算活多久。

角斗士

- 感觉自己被抛弃了。
- 渴望人群的掌声。
- 渴望鲜血、死亡与战斗。
- 切断了自身的温柔情感，只有愤怒的感受。
- 经常情绪爆发。
- 对自我评价不高。
- 无法一个人待着。
- 想要感受人生，而危险是他唯一有所感觉的东西。
- 通过冒险来填补内心的空虚。
- 怂恿别人跟他一起冒险。
- 连累无辜的人陷入危险。
- 行为遭到质疑时，会装出受害者的样子。

- 不指望长寿。
- 乐意勇敢赴死。

影视、文学、历史中的阿瑞斯

保护者/角斗士类型的电视剧角色

- 《星际迷航：下一代》(*Star Trek*：*The Next Generation*) 中的沃夫中尉（迈克尔·多恩饰）
- 《纽约重案组》(*NYPD Blue*) 中的刑警丹尼·索伦森（里克·施罗德饰）
- 《神探亨特》(*Hunter*) 中的里克·亨特警长（弗雷德·德赖尔饰）
- 《霹雳游侠》(*Knight Rider*) 中的迈克尔·奈特（大卫·哈塞尔霍夫饰）
- 《迈阿密风云》(*Miami Vice*) 中的桑尼·克罗克特（唐·约翰逊饰）

保护者/角斗士类型的电影角色

- 《洛奇》(*Rocky*) 中的洛奇·巴尔博亚（席尔维斯特·史泰龙饰）
- 《虎胆龙威》(*Die Hard*) 中的警探约翰·麦克莱恩（布鲁斯·威利斯饰）
- 《夺金三王》(*Three Kings*) 中的阿奇·盖茨（乔治·克鲁尼饰）
- 《伊甸之东》(*East of Eden*) 中的凯尔·特拉斯克（詹姆斯·迪恩饰）
- 《壮志凌云》(*Top Gun*) 中的皮特·米切尔（汤姆·克鲁斯饰）
- 《绿宝石》(*Romancing the Stone*) 中的杰克·科尔顿（迈克

尔·道格拉斯饰）

- 《星球大战》中的韩·索罗（哈里森·福特饰）
- 《教父》中的桑尼·柯里昂（詹姆斯·凯恩饰）

保护者/角斗士类型的文学形象或历史人物

- 小约翰[①]
- 超人
- 佐罗
- 兰斯洛特
- 无敌浩克
- 雷神托尔
- 《罗密欧与朱丽叶》中的罗密欧，莎士比亚著
- 《蝇王》中的杰克，威廉·戈尔丁著
- 《侠盗勇士》（*Rogue Warrior*）系列中的理查德，理查德·马辛克著

① 小约翰（Little John），英国传说中的侠盗罗宾汉的手下。

13

哈迪斯：隐士与巫师

住在黑暗的地底下，不见阳光，哈迪斯活在自己的头脑里。他不需要朋友伙伴，更喜欢一个人独处。他的生活中充满了丰富的想象。他处理着日常事务的时候，心思往往在别处。他从未意识到生活中缺少什么，直到遇到美丽的珀耳塞福涅。看到她的那一刻，他意识到自己需要这样一位人生伴侣，对恋爱一窍不通的他绑架了她，带回了自己的地下世界。他夺走了她的清白，然后意识到自己是多么的无情。在他开始慢慢懂得爱情之后，他放弃了部分与她相处的时间，让她每年春天回到人间去看望她的母亲。在她身上，他看到了仁爱与无私。

隐士

隐士有丰富的内心世界和创造精神，有时会过于沉浸在自己的幻想里。他是一个敏感的人，能够看到其他世界，有点通灵，有完全脱离现实世界的危险。

他也可能是一个伟大的哲学家，会花很长时间理解和分析各种思想。如果他遇到一个合适的女子，可能会组建一个小家庭，享受一下有人陪伴的乐趣，不过整个家庭关系要靠她来维系。他对此一窍不通，可能几天都不在家。赫斯提亚可能是比较适合他的女子，她喜欢独处。

隐士关心什么?

● 隐士在意独处。他有丰富的内心世界，喜欢活在自己的世界里。他不喜欢待在人群中，尤其是一大群人。比起做商人，他更喜欢做一个山地居民。如果住在城市里，他可能会选择做一个僧人。

● 他只关心自己的内心世界，别人的故事他没有兴趣听。他一点儿也不想被人打扰；在人群里像隐形人。

● 每一个人都让他感觉陌生，他想进入另一个世界，欢迎死亡。

● 他关心自己的爱好和项目，经常花很长时间在一个小任务上。他喜欢自己亲手做每一件事，不愿意跑到商店里买个器具一下搞定。

隐士害怕什么?

● 隐士害怕人群。他享受孤独，不过他内心的一部分可能会想要拥有一个小家庭，给他一点陪伴。

● 他害怕陷入丰富的想象世界而失去理智，尤其当他是一个高度通灵的人，能够听见鬼魂说话的时候。

● 他害怕自己的感情，看上去冷漠，甚至毫无个性。

● 他害怕世界会靠近他，把他吞没，害怕别人非要挤进他的生活。他的大本营对他来说是最重要的，是他的安全网。

隐士的动力是什么?

● 隐士最大的动力是想要认识、了解世界。他活在自己的头脑里，所以总是在思考和分析。他的时间都用在了解他的世界上。他是一个会花很多年探讨人生奥秘的哲学家。

● 他想要独处的愿望也会促使他竭尽全力找到一个可以独处的地方。

● 某个时刻，强烈的孤独感会促使他寻找一个伴侣或是一个朋友。

其他角色如何看待隐士？

● 其他人可能觉得他是一个乏味的、毫无个性的人。有时他们会觉得他像是疯了一样，因为他执迷于事物的深层含义。

● 他对食物和衣着毫不在意。他总是沉浸在各种思考中。他有点像阿尔伯特·爱因斯坦，每天穿一模一样的西装。

● 他看上去有点分裂和混乱，总是在找自己放错地方的东西。

发展性格弧线

看一下你的角色在故事中的主要目标，再想一下你选择了哪些他害怕的事物来挑战他。他需要学会什么来克服他的恐惧？他需要学会在一大群人面前讲话么？他需要组织自己的人生么？他需要学会感受和表达爱情么？他需要跟一大帮人打交道来拯救自己的家园么？

通常，隐士需要学习如何与人交往。他需要认识到与人交往有它的益处，能够像探索他的内心世界一样丰富他的人生。他需要跟自己的身体建立联系，去参加一些体育活动。

童年时发生了什么，使得这个原型主导了他的性格呢？他的父母都深居简出么？他成长的过程中有小伙伴么？他生活在一个偏远的地区，从不知道如何与人相处么？他的母亲害怕城市，不愿待在人多的地方么？

这个原型最好跟以下几个原型搭配，才能更好地成长：

愚者——能教会他开心和放松。向他展示如何跟人交谈、融入生活。

独裁者——会推行众多的规章制度，隐士要么站出来抗争，要么就放弃自己的孤立生活方式来遵从另一个人的统治。

少女——会教他如何去爱，以及像孩子般天真活泼。她的冒险天性会给他的生活带来翻天覆地的变化。

被嘲笑的女人——由于曾经遭受伤害，而变得比他更加愤世嫉俗。他会在她身上看到自己的影子，然后决定改变生活方式。

隐士的优点

- 大多数时候喜欢独处。
- 渴望有下一个项目或者思想占据他的时间。
- 很适应僧侣的生活。
- 内心世界丰富。
- 精神敏感。
- 渴望一个小家庭。
- 聪明、冷静。
- 会是一个忠实的伴侣。
- 可靠，因为他总在一个地方，不会四处漂泊。
- 不玩一般人玩的游戏，不参与他们的闹剧。
- 眼光敏锐。

隐士的缺点

- 不善表达，很容易打退堂鼓。
- 害怕热情，看上去冷漠乏味。
- 害怕与人交谈。
- 极为悲观。
- 记仇。

隐士的反面角色：巫师

隐士的反面角色是巫师。他使用自己的神秘学知识来伤害周围的人或环境。他只在意个人利益，丝毫不关心自己的行为对外界的影响。他花了很多时间研究神秘知识，迫切地想要加以试验。

他的孤独可能使他进入一种精神分裂的状态，被幻觉引导着伤害他人。

他倾向于避开人群和社交场合。他害怕被排斥，不敢把自己的工作展示给别人看，也不把自己的想法告诉别人。他没有亲密的朋友，拘谨、缺少社交能力、不愿冒险。

他不理解想要独处有什么不对。他不想成为社会的一分子，因为人们每天都在自相残杀。鬼神们是他的朋友。他们说的话吸引着他，他们教会他一些事情。他可以施咒语让人们远离他。他热衷于神秘学和一切反正统的东西。他故意让人们害怕他，那样他们就会离他远一点。

巫师

- 孤僻，不爱交际。
- 为自己的利益而努力。
- 不关心自己的行为是否会影响世界。
- 会尝试用神秘学来获取力量。
- 害怕别人的排斥。
- 没有亲密的朋友。
- 不能感受或是表达真爱，只会控制他人。
- 觉得社会就是个笑话，他不需要依照它的规则而活。
- 想要掌控自己的人生。
- 喜欢恐吓别人。

影视、文学、历史中的哈迪斯

隐士/巫师类型的电视剧角色

- 《吸血鬼猎人巴菲》与《天使》中的天使（大卫·伯瑞纳饰）
- 《X 档案》中的福克斯·穆德（大卫·杜楚尼饰）

隐士/巫师类型的电影角色

- 《北非谍影》（*Casablanca*）中的里克·布莱恩（亨弗莱·鲍嘉

饰）

●《阴谋理论》（*Conspiracy Theory*）中的杰里·弗莱彻（梅尔·吉布森饰）

●《无因的叛逆》（*Rebel Without a Cause*）中的吉姆·斯塔克（詹姆斯·迪恩饰）

●《卧虎藏龙》中的罗小虎（张震饰）

●《百万金臂》（*Bull Durham*）中的克拉什·戴维斯（凯文·科斯特纳饰）

隐士/巫师类型的文学形象或历史人物

●《美女与野兽》中的野兽

● 丹尼尔·布恩[①]

●《歌剧魅影》中的幽灵

●《哈姆雷特》中的哈姆雷特，莎士比亚著

●《呼啸山庄》中的希斯克利夫，艾米莉·勃朗特著

●《简·爱》中的罗切斯特，夏洛蒂·勃朗特著

●《麦田里的守望者》中的霍尔顿·考尔菲德，J. D. 塞林格著

●《沉默的羔羊》中的汉尼拔·莱克特博士，托马斯·哈里斯著

●《看得见风景的房间》中的乔治·艾默生，E. M. 福斯特著

●《弗兰肯斯坦》中的维克多·弗兰肯斯坦，玛丽·雪莱著

●《黑暗的心》中的库尔茨，约瑟夫·康拉德著

●《巴黎圣母院》中的加西莫多，维克多·雨果著

●《东镇女巫》（*The Witches of Eastwick*）中的达瑞尔·凡·霍恩，约翰·厄普代克著

●《厄舍府的倒塌》（*The Fall of the House of Usher*）中的罗德里克·厄舍，埃德加·爱伦·坡著

---

① 丹尼尔·布恩（Daniel Boone），美国历史上最著名的拓荒者之一。

- 雷蒙德·钱德勒系列小说中的菲力普·马罗
- 拜伦式英雄
- 《化身博士的离奇案件》中的杰基尔医生和海德先生，罗伯特·路易斯·史蒂文森著

14

赫尔墨斯：愚者与无业游民

愚者蹦蹦跳跳、无忧无虑地度过人生。他生活在成人世界和儿童世界之间。人生对他来说，简单、轻松而又不可思议。他四处游荡，寻找一个新的玩伴——也许是一个人，或是一条狗，或是个新游戏，对他来说都可以。他的心里满是爱与欢笑。他是诸神中最爱玩的一个，常充当人与神之间的信使，因为他喜欢冒险与旅行。

愚者

愚者的内心是一个小男孩。他不愿长大，面对他人也从不觉得自卑；他觉得其他人看不到他们自己人生的无趣和浅薄。人们在结束一天的工作后总喜欢聚在他的旁边，因为知道他能把他们带到放松身心的派对上。

他喜欢四处玩耍，不在意是否符合自己的年龄。在他看来，那些不堪重负、精疲力竭的生意人根本就是疯子。他相信人生的真谛是过得开心。他不需要一幢豪宅和一辆豪车才能开心。

他回避承诺与情感的纠缠。他生命中的女人必须要明白这一点，才能够留在他身边。

他喜欢做中间人，在许多的社交圈里穿梭。他不介意自己的所作所为合法与否。后果不重要，因为他活在当下。他不会去伤害别人，这是他唯一的道德底线。许多事情他都要尝试一下，越多的人在场见证越好。他会是一个很棒的销售员或者演员，因为他喜欢被人们关注，不愿意被束缚在朝九晚五的工作里。他内心是个流浪者，走到哪里，朋友就交到哪里。

愚者关心什么?

- 愚者在乎自由，喜欢来去自如，偶尔会消失个数天或是数个星期。他总是在期待下一次冒险。新鲜的经验最吸引他。
- 他喜欢各种挑战，一个人也玩得很开心。
- 他要保持年轻和无忧无虑，不管到什么年纪。
- 他喜欢孩子们，会不顾生命危险去救他们，因为他们跟他一样纯真。

愚者害怕什么?

- 愚者害怕失去自由。被困在床上动弹不得或是关在监狱里，对他来说是极为可怕的，他会竭力避免落入这样的境地，哪怕赔上性命也要摆脱那样的生活。
- 他也害怕无聊。哪怕他只有一根橡皮筋，他也会想出方法玩得津津有味。第一个怂恿朋友一起逃学出去玩的人，肯定是他。
- 他喜欢冒风险。从帝国大厦上吊一根绳子滑下来，在他看来很好玩。初生牛犊不怕虎，他着迷于那些让人感觉紧张刺激的事情。
- 他从来不做承诺，尤其是那些会让他很难脱身的承诺。
- 他喜欢帮助小孩子，担心自己在他们需要帮助时没能帮到他们。他自己就是个孩子，不论什么年纪。他理解孩子们，理解他们玩耍、创造和探寻的能力。

愚者的动力是什么?

- 他最大的动力就是求知和求解。他保持着身体和头脑的活力。

他的好奇心驱使着他去探索，他的人生丰富多彩、充满乐趣。

其他角色如何看待愚者?

● 其他人要么觉得他捉摸不透、很有意思，要么觉得他孩子气、轻狂。他精力旺盛，永不止歇，新点子层出不穷，能把周围的人逼疯。谁也记不清他最近在做什么，因为他变化不断。

● 他穿着很休闲，或者穿着最新的青少年款式服装，不管他多大。

● 他沉浸在自己的想象里，当他周围的人在讨论一些很严肃的话题时，他的神情看上去总有些遥远、心不在焉。

发展性格弧线

看一下你的角色在故事中的主要目标，再想一下你选择了哪些他害怕的事物来挑战他。他需要学会什么来克服他的恐惧？他需要找一份工作来养活一个亲人么？他得了不治之症么？他应召入伍了么？他被扣上不应得的罪名了么？

通常，愚者需要学会控制自己的言行。他没有意识到自己给周围的人带来多少痛苦。他应该替他身边的人想一想，尤其是他的家人。他还要学会照顾好自己，承担一些责任。他必须学会尊敬国王的权威，不然就要承受后果。

童年时发生了什么，使得这个原型主导了他的性格呢？他的父母总是争吵，他需要自娱自乐来放松心情么？他作为班级里的开心果受到大家的喜爱么？他的父亲总是冲他大吼，他不得已学着说俏皮话来逃脱么？他的父母爱冒险么？

这个原型最好跟以下原型搭配，才能成长：

商人——能教给愚者责任心，以及如何像一个大人一样照顾好自己。

虐待者——这样的父亲会夺走他人生中所有的乐趣，迫使他成长、照顾好自己，有能力离开这个家。

女族长——教给他家庭观念和承诺，让他领悟到没有根的人生是彻底孤独的人生。

毁灭者——改变他的人生，使他明白自己可以变得成熟，依然过得快乐。

愚者的优点

- 喜欢恶作剧。
- 随和。
- 爱冒险，求知欲旺盛。
- 敢于一个人去冒险。
- 迷人、好玩。
- 想象力丰富，有很多点子。
- 衣着打扮、举手投足散发着年轻的气息。
- 讨厌提前做计划，喜欢自发做事。
- 会是一个很好的朋友，在你身边时注意力完全放在你身上。
- 喜欢小孩子，因为他自己就是个孩子。

愚者的缺点

- 冲动鲁莽，不知节制。
- 害怕承诺。
- 可能会突然消失一段时间。
- 会冒很大的风险，因为他以为自己是无敌的。
- 无法承担责任，无法胜任常规的工作。

愚者的反面角色：无业游民

愚者的反面角色是无业游民。他常在街头跟那些骗子一起骗钱。他的魅力会使人们掉入他的陷阱。他跟他们攀谈，他的笑容让他看上去值得信赖。

他做什么事都过头，给他的家人带来很大的痛苦和羞耻感。他做事不顾后果，可能因为自己的行为而被逮捕。做父母的都讨厌接到深夜的电话，但是对于他的父母来说，这是常有的事。如果他的父母富有且在社会上颇有声望，这样的孩子对他们来说会是个很大的问题，他们可能会跟他脱离关系。他因此更觉得自己被蔑视被遗弃，做事更加出格，以博取注意。

他做事不负责任，缺乏道德感，以自我为中心，“除了自己，谁也不重要”是他的口头禅。他觉得自己是特别的，不受法律约束，只有自己有资格待在那些他觉得特别的人的身边。他很傲慢，对他人缺乏同理心。

他不理解为什么需要听那些权威人士的。他觉得他们没有权利对自己发号施令。他觉得自己的父亲不过是一个有钱的捐精者。他想要做自己，不受他人支配。“他们的人生很无聊，不代表我的人生也要跟着无聊。我要过得开心，照自己的规则来。”

无业游民

- 像一个专业的骗子，挣一点不义之财。
- 厌恶权威人士，把父亲视为支票簿。
- 不在意别人的感受。
- 是家族的耻辱。
- 自我中心。
- 不负责任，没有道德感。
- 觉得自己高于法律。
- 缺乏同理心。
- 傲慢，有对抗情绪。
- 容易吸毒成瘾。
- 指望别人帮他摆脱危机。
- 当事情变得艰难时，会逃跑。

影视、文学、历史中的赫尔墨斯

愚者/无业游民类型的电视剧角色

- 《老友记》中的乔伊·崔比昂尼（马特·勒布朗饰）
- 《盖里甘的岛》中的盖里甘（鲍勃·丹佛饰）
- 《宋飞正传》中的科兹摩·克雷默（迈克尔·理查兹饰）
- 《吸血鬼猎人巴菲》中的桑德·哈里斯（尼古拉斯·布兰登饰）
- 《阿博特与科斯特洛》(*Abbott and Costello*) 中的卢·科斯特洛
- 《快乐时光》(*Happy Days*) 中的沃伦·韦伯（安森·威廉姆斯饰）与拉尔夫·马尔福（唐·莫斯特饰）

愚者/无业游民类型的电影角色

- 《乖仔也疯狂》中的乔尔·古德森（汤姆·克鲁斯饰）
- 《黑衣人》(*Men in Black*) 中的杰（威尔·史密斯饰）
- 《王牌大贱谍》(*Austin Powers: International Man of Mystery*) 中的奥斯丁（迈克·梅尔斯饰）
- 《西域威龙》(*Shanghai Noon*) 中的王冲（成龙饰）
- 《巴克叔叔》(*Uncle Buck*) 中的巴克·罗素（约翰·坎迪饰）

愚者/无业游民类型的文学形象或历史人物

- 《雷穆斯叔叔的故事》(*The Complete Tales of Uncle Remus*) 中的雷穆斯叔叔，乔尔·钱德勒·哈里斯著
- 《堂吉诃德》中的堂吉诃德，米格尔·德·塞万提斯著
- 《彼得·潘》中的彼得·潘，詹姆斯·巴里著
- 《仲夏夜之梦》中的帕克，莎士比亚著
- 《汤姆·索亚历险记》中的汤姆·索亚，马克·吐温著
- 《李尔王》中的愚者，莎士比亚著

15

狄奥尼索斯：妇女之友与引诱者

满月下，狄奥尼索斯与城镇里来的女子们跳舞。他是在场的唯一一位男士，他带着自身的女性特质加入了她们的舞蹈，成为全场的焦点。他给她们斟酒，使她们陶醉、放松。就连那些年长的安静的女人，在他身边也觉得愉快，摆脱了以往古板的样子，变得快活起来。他唤醒了她们身上最好的那一面，也把自己最好的一面展示给她们。他们一起感受着片刻的狂喜和愉悦。

妇女之友

妇女之友是一个真心喜爱女子的男人。她们让他着迷。他自己不一定是娘娘腔，可能是非常阳刚的。他就是喜欢关于女人的一切，把她们视为平等的甚至比自己更好的人。他崇拜女人，跟她们的友情比跟其他男人的友情更加深厚。他不像其他男人，不在乎男人的那个社交圈。

女人们喜爱他；他的自由的灵魂鼓舞着她们。他鼓励女人们变得坚韧、强大和性感。许多女人因为他的友情而彻底改变，而且借助从他这里得到的力量离开了原来所处的糟糕的关系。他是女人最好的朋友。他把女人改造成有强大自尊的人。所有女人对他来说都是美丽的，而他也总是这么对她们说。他可能想寻找一个理想的女子，对他来说既是妻子又是母亲，但这是不可能实现的。

最终他会放手，无法同任何一个女人结婚。这个时候大多数女人都会意识到他只是帮助她们找到内心力量的催化剂，她们离开他也一样可以生活。

他理解女人，女人们也喜欢照顾他。他能够通灵，喜欢在另类空间和交替状态里玩耍。

妇女之友关心什么?

● 妇女之友喜欢迷醉的状态和有趣的事物，享受性与爱。他一向追逐快乐。他喜欢靠近房间里那个安静的女人，想让她放松心情。

● 他喜欢梦想，但是很难坚持一个梦想。他喜欢有梦想的感觉，这让他觉得自己是个有目标的男人，因为在这个世界上，男人都被要求要有目标。他会因为与众不同而遭到其他男人的迫害。

● 他关心他的女性朋友们，不能忍受其他男人伤害一个女人。

● 他努力想成为反主流文化的一部分，过摇滚明星之类的生活。他可以做一个很棒的萨满法师，因为他对其他空间和领域的工作很感兴趣。

妇女之友害怕什么?

● 他害怕自己因为不像其他男人而被社会迫害。任何工作，不管是整天待在办公室里还是户外，对他都是折磨。他无法遵循任何形式的规章制度。传授深奥的知识或是哲学思想之类，可能是他比较适合的少数工作之一。

● 失去女性的友情对他来说是极为可怕的，他的生活中需要有女性的存在。

● 体验生活对他来说就是一切。只要他能自由自在地去各个地方，就算坐在轮椅上，他也无所谓。

● 他害怕自己的梦想被人看成永远无法实现的幻想。他不热衷于金钱和权力，也不能忍受那些热衷于此的人嘲笑他的价值观。

妇女之友的动力是什么？

● 他最大的动力就是爱和归属感。他生命中最重要的事就是得到女人的爱和依赖。当他和女人在一起时，就感到心灵相通。他能同时给许多女人无条件的关爱，不论她们是否是他的伴侣。

● 他对深奥知识的热情也能激发他的欲望。

● 赌博或者赢彩票对他来说是很奇妙的事。这会给他带来很大的自由，不用担心接下来要睡在哪里。而且如果他有了钱，其他男人就不会轻视他，而是会羡慕他。

其他角色如何看待妇女之友？

● 别人觉得他是一个梦想者或是一个嬉皮士，一个活在社会边缘的人。

● 他有些情绪化，一会儿笑，一会儿哭，不过大多数女人会觉得他很感性。

● 他什么都能穿，不管是二手店的衣服还是奢侈品牌。他的身材不一定性感，但是他的本质和敏感很吸引女人。

● 他喜欢感官享受，能清楚地看到女人内心深处的伤痛和渴望。

● 他是一个健谈的人。

发展性格弧线

看一下你的角色在故事中的主要目标，再想一下你选择了哪些他害怕的事物来挑战他。他需要学会什么来克服他的恐惧？他需要结交男性朋友或是找一个男性导师么？他需要挣钱来养活母亲么？他有嗜赌或酗酒的毛病么？他需要保护一个女人免遭伤害么？他在试图找寻一个既是妻子又是母亲的理想型的女子么？

通常，妇女之友需要学会跟男人交朋友。他需要有男性的榜样让他看到做男人的价值，然后得以成长。也只有这样，他才能真正地跟一个女人终身相守。很多时候，这样的男子幼年时就失去了母亲，一直在寻找一个可以替代她的位置的女子，而这几乎是不可能的。

他不应该一直逃避生活的责任。每天对他来说都是欢乐派对，但是这样的生活持续不了多久就会坍塌。

童年时发生了什么，使得这个原型主导了他的性格呢？他的母亲在他幼年时就去世了么？他身边的女看护和女老师都是很温柔善良的人么？他的父亲对他很苛刻，或者总是忙于工作而忽略他么？他生性害羞，女孩子都喜欢他么？他协调性差，不能像其他男孩子那样擅长体育运动，像他们那样成长么？

要想成长，这个原型最好跟以下原型搭配：

商人——教妇女之友成为男人团体中的一员，给他提供一个学习的榜样。

独裁者——迫使妇女之友承担生活的责任，或促使他挺身而出，为维护自己的权益而战斗。

养育者——照顾他，耐心地等他长大，能够承担起责任。她是他的坚强支柱。

蛇蝎美人——爱他一阵子，然后离开他，就像他对其他女人一样。他可能会爱上她的独立和性感，然后尝到被抛弃的滋味。

妇女之友的优点

- 为自由和梦想放弃金钱和权力。
- 喜欢所有的女孩子，不论她们的外貌如何。
- 侠义、温柔。
- 孩童时期跟母亲很亲近，她可能在他很小的时候就过世了。
- 喜欢接触生活中的新事物。

- 性感迷人。
- 因自由放任的生活方式而被其他男人轻视。
- 通灵，或热衷于超自然现象。
- 机智，能说会道。
- 乐于助人，乐意给人建议。

妇女之友的缺点

- 需要待在女人身边。
- 难以保持与男性的友谊。
- 难以忠于某个女人或坚持追求某个事业上的目标。
- 寻找一个不可能出现的理想型女子，既是妻子又是母亲。
- 不负责任、轻佻。
- 可能胸无大志、毫无目标。

妇女之友的反面角色：引诱者

如果妇女之友被一个女人所伤害或是背叛，他可能会变成引诱者，把女人们从一段好的或是坏的感情中勾引出来，打乱她们的生活，然后抛弃她们，让她们自己收拾残局。

他滥情，渴望别人的关注。他惧怕困难，情绪善变，表情捉摸不透。他是一个不定时炸弹，人们不知道他什么时候会突然爆发。他对批评极度敏感，过分在意自己的外表。

如果一个女孩子拒绝他的好感，他可能会变成一个跟踪狂，对她产生种种幻想，甚至伤害她。

他觉得自己表现出强烈的爱意。他觉得自己对女人很好，她们欠他一些东西。他所做的一切都是为了她们，为她们冒各种风险，他不能接受她们想要离开他。他觉得“这世上没有哪个男人会像我对她们这么好”。

引诱者

- 被拒绝后可能变成一个跟踪狂。
- 喜欢跟女人们玩爱情游戏，来时热烈，去时冰冷。
- 喜欢做那个提出分手的人。
- 常在女人看上去最爱他的时候结束感情。
- 同时跟几个女人来往，而且喜欢同时跟朋友和姐妹们聚会，以致给他们的生活带来了更多的混乱。
- 觉得他有权利得到女人的关注，因为他正在帮助她。
- 觉得一个女人拒绝他是故意要伤害他——他会让她明白谁才是老大。
- 是个不易察觉却已然开始倒计时的炸弹。
- 极度敏感，不能接受拒绝。
- 神情淡漠，不让别人感觉到他的怒气而有心理准备。
- 常把迷恋当作爱情。

影视、文学、历史中的狄奥尼索斯

妇女之友/引诱者类型的电视剧角色

- 《欢乐酒店》(*Cheers*) 中的山姆·马龙（泰德·丹森饰）
- 《欢乐满屋》(*Full House*) 中的杰西·凯佐波利斯（约翰·斯塔莫斯饰）
- 《威尔和格蕾丝》(*Will & Grace*) 中的威尔·杜鲁门（艾瑞克·麦柯马克饰）
- 《老友记》中的钱德勒·宾（马修·派瑞饰）

妇女之友/引诱者类型的电影角色

- 《男人百分百》(*What Women Want*) 中的尼克·马歇尔（梅

尔·吉布森饰）

- 《婚礼歌手》（*The Wedding Singer*）中的罗比·哈特（亚当·桑德勒饰）
- 《当哈利碰上莎莉》（*When Harry Met Sally*）中的哈利·伯恩斯（比利·克里斯托饰）
- 《我为玛丽狂》中的泰德·斯特罗曼（本·斯蒂勒饰）
- 《辣身舞》（*Dirty Dancing*）中的强尼·卡索（派屈克·史威兹饰）
- 《追女至尊》（*The Tao of Steve*）中的德克斯（唐纳尔·罗格饰）
- 《金玉盟》（*An Affair to Remember*）中的尼基·费兰特（加里·格兰特饰）
- 《春天不是读书天》（*Ferris Bueller's Day Off*）中的费里斯·比勒（马修·波特历饰）
- 《西北偏北》（*North by Northwest*）中的罗杰·桑希尔（加里·格兰特饰）
- 《莎翁情史》（*Shakespeare in Love*）中的莎士比亚（约瑟夫·费因斯饰）
- 《泰坦尼克号》中的杰克·道森（莱昂纳多·迪卡普里奥饰）

妇女之友/引诱者类型的文学形象或历史人物

- 《安娜·卡列尼娜》中的伏伦斯基，列夫·托尔斯泰著
- 《德拉库拉》（*Dracula*）中的德拉库拉伯爵，布莱姆·斯托克著
- 《黑暗王子和暗金色》（*Dark Prince and Dark Gold*）中的米哈伊尔，克莉丝汀·菲恩著
- 《我知道这是真的》（*I Know This Much Is True*）中的利奥，沃利·兰姆著

- 《欢迎来到猴子屋》（*Welcome to the Monkey House*）中的诗人比利，库尔特·冯内古特著
- 《理智与情感》中的约翰·威洛比，简·奥斯汀著
- 《德伯维尔家的苔丝》中的亚历克·德伯维尔，托马斯·哈代著
- 《三个火枪手》中的波尔多斯，大仲马著

16

欧西里斯：男救世主与惩罚者

圣光笼罩中的欧西里斯行走在地球上，每到一处，就带来改变和智慧。他照亮接触的一切事物。他是神圣的孩子和神圣的陪伴者。他被自己的兄弟杀害，依靠姐姐伊西斯的力量复活。他热爱人类，每年都会献出自己的生命，冬天把自己的身体交给大地，春天又重新复活。他代表着生与死。

男救世主

救世主是雌雄同体的。这个原型的男女版本几乎是完全相同的，区别仅在于男救世主宣扬和指出通往爱和启蒙的道路，而女救世主本身就代表着通往爱和启蒙的道路。

男救世主原型中可能包含其他某种原型的特质，以帮助他更好地实现目标。比如《勇敢的心》中的威廉·华莱士[①]（梅尔·吉布森饰）是人民的拯救者，他在战斗中也体现了阿瑞斯/保护者类型的特质，为自由而奋斗。

同样，男救世主自己可能并不明确知晓他与神之间的联系，只是

① 威廉·华莱士（William Wallace），苏格兰民族英雄。

不知不觉地被内心驱使着去完成重要的使命。他忙于实现某个精神方面的目标的行动并非一时的；他的一生似乎都是在为了某个目标而奋斗，而他的目标影响了千万人的人生。想一下《惊爆内幕》（*The Insider*）中的杰弗里·维甘德（罗素·克洛饰），放弃了自己的妻儿和事业，来跟烟草巨头做斗争。他起初或许有些犹豫，但后来很快就意识到这是自己的宿命。他挺身而出，改变命运，找到了自己人生的意义。

男救世主能看到任何问题的全景。他并不急于得出结论，或是卷进日常生活里的八卦和狗血情节。

他尊重所有的宗教和信仰体系。他奉献自己，因为他知道他所付出的会得到三倍的回报。

男救世主因为性别的优势，公众比较容易接受其成为宗教领袖。他有机会和能力说出并实践自己的观点。但如果他宣扬的是爱与同情等女性特质，可能因此而被人轻视。

男救世主关心什么?

- 生来是男人，男救世主可能对世间的不平等没有直接的感受。不过如果他属于一个少数民族，他很快就会明白这一点，并热忱地致力于实现所有人之间的和谐共处——像黑人领袖马尔科姆·艾克斯那样。

- 他关心自己，也关心其他人。对他来说，世间的每个生物都是神迹的展示。

- 他希望其他人也能发现他们自己身上的神性，他想让他们变得跟自己一样。

- 比起治愈身体，他更看重治愈心灵。如果一个人需要从痛苦中学习，他就不会解除她的痛苦，哪怕他是一个很好的治疗师。

- 他可能并没有清楚意识到自己跟神的联系，只是生来就向着一个目标努力，并且愿意为此牺牲自己。

男救世主害怕什么?

● 男救世主害怕人们会被恶人引上邪路，或是用一些乏味的事情来愉悦感官或是麻痹感官。

● 他害怕人们不把他的话当一回事，他传递的信息的价值会被低估。

● 他害怕自己没有足够的时间来完成使命，或是只能眼睁睁看着别人受苦。

男救世主的动力是什么?

● 跟一种伟大的力量联系起来的审美需求给了他动力，此外还有他想要付出和得到无条件的爱的愿望。

● 他必须跟内心的魔鬼斗争，才能保持与神性的联系。他必须面对诱惑，坚持信仰。

● 他的目标如此明确，以至于无法做其他事，一定要全心全意达成目标。

其他角色如何看待男救世主?

● 别人不是觉得他很好就是觉得他很坏，没有中立的评价。他可能会被人指责在建立一个邪教。

● 许多人要么觉得他理想主义、疯狂、自大，要么觉得他神圣、睿智、具有奉献精神。

● 很多人嫉妒他与神的联系，尤其是那些教会人士，因为他们觉得只有自己才能得知神的旨意。耶稣就是由于跟神的联系而被自己的子民钉上了十字架。

发展性格弧线

这个原型的性格不一定改变，相反，通过经历那些令人害怕的事，他会变得更加强大。

看一下你的角色在故事中的主要目标，再想一下你选择了哪些他害怕的事物来挑战他。他需要学会什么来克服他的恐惧？他需要学会在愤怒的人群中保持镇定么？他需要面对嘲笑么？他需要放开自我意识来找到神么？

很多时候，男救世主需要学会放下事件的结局，相信指引他的神灵。他应该坚定立场，不论结局如何，都要充分相信自己。

他需要面对那些指责他的人和他自身的困惑。他要在逆境和攻击面前昂首站立。他必须相信自己能够在长期斗争中生存下来。

他的目标或者观点是什么时候开始变得清晰明确的，又是什么原因引起的？他的父母都是修行的人士么？他小时候就参与过宗教活动么？他曾为学校里其他孩子遭受的不公正待遇大声疾呼过么？

这个原型不需要依靠其他原型成长，倒是能够帮助其他原型成长：

- 他可以跟神秘主义者做伴。
- 他可以跟愚者一起欢笑。
- 商人对他来说是个大挑战。
- 巫师可能是他的一个强劲对手。

男救世主的优点

- 会质疑权威。
- 严于律己。
- 对于自己的本质有清醒的认识。
- 会为信仰挺身而出，无论代价多大。
- 有坚定的信仰体系帮他克服困难。
- 愿意为所有人的幸福牺牲自我。
- 会放弃物质财产。
- 内心的力量永不枯竭。

男救世主的缺点

- 需要了解世间的不平等。
- 固执。
- 会告诉人们真相，哪怕真相是残酷的。
- 为了让人成长，会迫使他们挑战极限。

男救世主的反面角色：惩罚者

男救世主的反面角色并不是一个只关心自己得失与欲望的反派。说他是反派，是指他只考虑整体的最高利益。作为一个惩罚者，他会诅咒那个堕落的人，给他一个教训。他想要摧毁这个人的自我。他会毁灭一个人的灵魂来将他改造成自己希望的模样。

他可能会试图对别人解释自己的行为，但是他们不可能完全理解他的力量或是他所背负的使命。他们觉得他的谴责是苛刻无情的。许多人会背离他，无法遵从他的原则和处理方式。对于多数人来说，一天冥想六个小时是困难而且荒唐的；而对于惩罚者来说，这是进步的必要步骤。他觉得自己的话就是法律。

惩罚者

- 对他的追随者有些严厉的批评。
- 会伤害一个人来给他一个教训。
- 想要摧毁他人的灵魂和自我。
- 觉得自己的话就是法律。
- 不会试图宽慰他人或是厚此薄彼。
- 觉得改变中的痛苦是必需的。
- 迫使他人挑战极限。

影视、文学、历史中的欧西里斯

救世主/惩罚者类型的电视剧角色

- 《天堂之路》（*Highway to Heaven*）中的乔纳森·史密斯（迈克尔·兰登饰）
- 《第七天堂》（*7th Heaven*）中的埃里克·卡姆登（斯蒂芬·柯林斯饰）

救世主/惩罚者类型的电影角色

- 《星球大战》中的天行者卢克（马克·哈米尔饰）
- 《惊爆内幕》中的杰弗里·维甘德（罗素·克洛饰）
- 《不死劫》（*Unbreakable*）中的大卫·邓恩（布鲁斯·威利斯饰）
- 《黑客帝国》中的尼奥（基努·里维斯饰）
- 《弗朗西斯科》（*Francesco*）中的弗朗西斯科（米基·洛克饰）
- 《兄弟，你在哪里？》（*O Brother, Where Art Thou?*）中的尤利西斯·埃弗雷特·麦吉尔（乔治·克鲁尼饰）
- 《公民凯恩》中的查尔斯·福斯特·凯恩（奥森·威尔斯饰）

救世主/惩罚者类型的文学形象或历史人物

- 尤利西斯[①]
- 甘地
- 罗宾汉

---

① 尤利西斯（Ulysses），希腊名为奥德修斯，是希腊西部伊塔卡岛之王，曾参加特洛伊战争，献木马计里应外合攻破特洛伊。回国途中，因刺瞎独目巨人波吕斐摩斯，得罪了海神波塞冬，历经各种艰辛、危难，最后于第十年侥幸一人回到故土以萨卡，同儿子特勒马科斯一起，杀死纠缠他的妻子、挥霍他的家财的求婚者，得以全家团圆。奥德修斯的事迹在《荷马史诗》中有详细描述。

- 大卫[1]
- 威廉·华莱士
- 马尔科姆·艾克斯
- 马丁·路德·金
- 超人
- 《失乐园》中的耶稣，弥尔顿著
- 《沙丘》（*Dune*）中的保罗·阿崔迪，弗兰克·赫伯特著

---

① 大卫（David），《圣经》中的以色列国王。

17

波塞冬：艺术家与虐待者

在海洋的深处，波塞冬演绎着命运的规则，这一刻波涛汹涌，下一刻风平浪静。他是变幻莫测的、危险的，同时又吸引着所有人的目光。他的眼中藏着无人可以触及的神秘。每次当你以为自己终于了解他了，他却又改变了；每次当你觉得自己帮助他解决了一个情绪上的问题，下一种更强烈的情绪又出现了。他可以慷慨大方地提供给你海洋的丰饶物产，也可以在你踏入他的海域时夺走你的生命。

艺术家

艺术家一般是敏感的人，但不一定能很好地控制自己的情绪。他可以把自己的感情转化成富有创造力的活动，或是把它们积压在心头，直到最终爆发，波及周围的所有人。他很难融入社会，因为这个社会轻视表达情感的人，这也增加了他的不安全感和愤怒。愤怒好像是他唯一被允许表达出来的情感，而实际上他的情感要丰富得多，从爱到怒火，无所不包。

女人一开始都会被他的热烈所吸引，不过她们很快就会意识到他的情绪有多么反复无常。如果他在两人争吵后极力去弥补，他最终还是会赢回她的心，因为他充满激情。

他没有意识到自己的情绪里面包含的力量。他做事随性而至，富有活力。他可以几个小时一直玩一个简单的玩具，或是从一个活动转到另一个活动，不浪费一点时间。如果他能学会控制自己的情绪爆发，他会是一个健康而有活力的人，能够很好地处理生活的复杂和压力。如果他被自己的情绪所左右，那么他就会觉得与社会格格不入，而变成一个随时可能爆炸的炸弹。

他表面上看起来很平静，但是内心深处有种强烈的创造力。他必须表达自己和自己的情感；他充满激情，他的创造很个人化。如果他发明了一样东西，那样东西对他来说一定有特别的意义。

他重视本能，喜欢待在大自然中。当他还是个孩子的时候，他可能喜欢通过看太阳来判断一天的时辰。

艺术家关心什么？

- 艺术家在意释放自己的情感。他觉得自己是宇宙的中心。谁在身边、他们正在经历什么，这些对他来说都不重要；他自己的情绪才是第一位的。
- 他在意别人对他和他的作品的看法。排斥对他来说等同于死亡。他甚至会因为某一个人的不喜欢，而毁掉自己的艺术品。
- 他希望能被周围那些才智之士平等对待，不过他不擅长处理商业事务，所以要依赖他们来帮助自己拓展事业。他会取悦老板和经纪人，会等到回到家里才发泄自己的情绪。
- 他喜欢在别人面前表现得强大、有控制权。他喜欢自己的怒火，因为他觉得这给了他力量和勇敢。他把它视为一种盾牌，用来保护自己。如果没有怒火，他不知道该如何应对一些局面。
- 他可以埋头做一个创造性的项目，一做就是数年，也不会有创造力枯竭的感觉。他生来就是一个创造者。

艺术家害怕什么？

- 艺术家害怕被人轻视，因为这个社会宣扬男人不应该轻易流露感情。他想要成为自己城堡的国王，却缺少国王的权威。

- 他害怕自己。他不想成为暴君，却无法控制自己的情绪爆发。他很怕伤到自己爱的人。他也担心有人会伤害他爱的人，这会唤醒他内心复仇的猛兽。
- 因为他不是一个精明的商人，他害怕自己错过一些大的事业机遇。他时刻关注着，确保没人把他的劳动成果据为己有。
- 他也害怕创作瓶颈。他可能会被家庭问题或生意问题困扰，而灵感枯竭。他会担心缪斯女神是不是永远离开了他。

艺术家的动力是什么？

- 他最大的动力是生存。与人每打一次交道，都像是对他的生存的威胁。一个对他的作品的错误评价或意见都可能会摧毁他的事业。
- 他总是用极端的态度看待事物。他觉得自己在为生存而奋斗。如果他的妻子跟其他男人说上几句话，他就觉得她要离开他。他还要证明自己的判断是正确的，不过到头来常发现自己是错误的。
- 不管他有没有意识到自己过去有多么傻，他还是很难相信别人。他沉迷于复仇的感觉。
- 他一定要成为重要的人物。

其他角色如何看待艺术家？

- 有些人会觉得他神经质，做事没有分寸；有些人会觉得他热情、充满活力，时常带来惊喜。
- 他的衣着舒适，依他的心情而定，头发也总是松散着。他是派对里最具表现力的人，说话时总是不停地打着手势。
- 只要瞪一下眼，他就能让别人不敢轻举妄动。他的眼神说明一切。

发展性格弧线

看一下你的角色在故事中的主要目标，再想一下你选择了哪些他害怕的事物来挑战他。他需要学会什么来克服他的恐惧？他需要学会商场的法则么？他需要学会控制自己对妻子离开这件事的恐惧么？他需要克服创作上的困难么？他需要学会跟人们交流么？他需要放弃控制别人的欲望么？

通常，艺术家需要学会控制自己对某件事最直接的感受。他应该做出恰如其分的反应，而不是沉浸在自己的想象里，过度反应。他需要认识到自己感情的充沛是有助于自己创造的有利条件，应该认可自己的情绪，但不是让情绪控制自己。

童年时发生了什么，使得这个原型主导了他的性格呢？他的父亲是个经常发怒的人么？以前某个老师批评过他的创造性作品么？他一直无法学会数学和逻辑思维么？他喜欢在自然中玩耍，通过看太阳的位置来判断时间么？

要想成长，这个原型最好跟以下原型搭配：

商人——能教会艺术家如何处理和安排好自己的事业和生活。可以向他展示如何过一种井井有条的生活，控制好自己的情绪。

妇女之友——能向艺术家展示如何变得性感、迷人。能教他如何爱女人，发现自己女性化的一面。他能让艺术家意识到自己过去对很多事情的过度反应是多么可笑。

诱人缪斯——能教会他开发自己的身体，感受愉悦快乐而不是痛苦。她倾注的爱会使他愿意为她而改变。

问题少女——能把他的世界搅得天翻地覆，在他暴跳如雷时扬长而去。她不会听任他乱发脾气。她会迫使他正视自己的行为。

艺术家的优点

- 喜欢创造和改变事物。
- 善于即兴创作，有很好的直觉。
- 可能成为一个伟大的、富有创造力的人。
- 充满激情。

- 爱家人和朋友，即使他的表达方式很糟。
- 别人如果伤害他或是他的家人，他会报复。
- 不懂读书，但是很有街头智慧。

艺术家的缺点

- 表达自我时不顾别人的感受。
- 难以控制情绪。
- 做事越界，侵犯他人的权利。
- 处事极端。
- 执迷于复仇。
- 总是把情况想得比实际要糟。
- 自我中心。

艺术家的反面角色：虐待者

当艺术家不能控制自己的情绪时，他会变得反复无常、心怀怨恨。报复的念头纠缠着他，直到他感到报仇成功的满足感。看上去就像是他需要依赖这种以眼还眼的生活一样。

他生气的时候会在家里大发雷霆，丝毫不顾及他人的感受；做事失去分寸，常伤到自己在乎的人。他欲望强烈的时候，可能会对人施暴，无视他人的哀求。一开始他并不想伤害对方，只是过于沉浸在自己的情绪里，不懂对方心里的感受。他很善于和好。他就是那种殴打自己的妻子，然后又送花道歉保证绝对不会再犯的人。

他做事不负责任，缺乏道德感。他常有鲁莽的违法行径，拒绝服从道德规范，且对自己的行径毫无悔意，丝毫不考虑后果。他具有攻击性，古怪、易怒，不在意自己和他人的安危。

他认为自己没有做错什么，因为他觉得他的基本权益遭到了侵害。别人怎么想，与他无关。如果走到绝境，他会自我了断，不会留给别人动手的机会。

虐待者

- 殴打自己的妻子，然后送花道歉。
- 跟人们玩心理战术。
- 过于敏感，反复无常。
- 是一个已经开始倒计时的炸弹。
- 不在意自己和别人的生死。
- 无法控制情绪，容易勃然大怒。
- 报复心强，可能好几年都会怀恨在心。
- 没有底线。
- 不懂别人的拒绝，因为他总是自顾自地做事。
- 莽撞，不计后果。

影视、文学、历史中的波塞冬

艺术家/虐待者类型的电视剧角色

- 《法网豪情》（*The Practice*）中的鲍比·唐奈（迪伦·麦狄蒙饰）
- 《威尔和格蕾丝》中的杰克·麦克法兰（肖恩·海斯饰）
- 《北国风云》（*Northern Exposure*）中的克里斯·史蒂文斯（约翰·考伯特饰）

艺术家/虐待者类型的电影角色

- 《无因的叛逆》中的吉姆·斯塔克（詹姆斯·迪恩饰）
- 《老大靠边闪》（*Analyze This*）中的老板保罗·维提（罗伯特·德尼罗饰）
- 《谋害老妈》（*Throw Momma from the Train*）中的拉里（比

利·克里斯托饰）

- 《末路狂花》中的 J. D. （布拉德·皮特饰）

艺术家/虐待者类型的文学形象或历史人物

- 文森特·梵·高①
- 亚瑟王传奇中的特里斯坦②
- 《德伯维尔家的苔丝》中的安琪尔·克莱尔，托马斯·哈代著
- 《奥赛罗》中的奥赛罗，莎士比亚著
- 《白鲸记》中的魁魁格，赫尔曼·麦尔维尔著
- 《欲望号街车》中的斯坦利·科瓦尔斯基，田纳西·威廉斯著
- 《了不起的盖茨比》中的汤姆·布坎南，弗·司各特·菲茨杰拉德著
- 《安琪拉的灰烬》中的父亲，弗兰克·麦考特著
- 《米德尔马契》中的威尔·拉狄斯洛，乔治·艾略特著
- 《暴风雨》中的普洛斯彼罗，莎士比亚著
- 《日瓦戈医生》中的尤里·日瓦戈，鲍里斯·帕斯捷尔纳克著

---

① 文森特·梵·高（Vincent Van Gogh，1853—1890），荷兰后印象派画家。他是表现主义的先驱，并深深影响了 20 世纪艺术，代表作有《星夜》、《向日葵》等。后来陷入精神疾病，37 岁自杀。

② 特里斯坦（Tristan），《特里斯坦与伊索尔德》是在西方家喻户晓的爱情悲剧，后被瓦格纳改编成歌剧。

18

宙斯：国王与独裁者

在高高的山顶上，宙斯审视着自己的土地和城堡。他俯视着周边的一切，确保一切都井然有序。不管走到哪里，人们都会感觉到他的注视。他对每个地方的影响力在他离开许久之后依然存在。他要求得到人们的尊敬。美丽的女子无法拒绝他的示爱，因为他是一个强大又鬼魅的情人，通常把自己的真实身份隐藏起来。前一秒他是你最好的朋友，下一秒可能就变成你最可怕的敌人。他的妻子赫拉是唯一一个能够强迫他做事的人，这也许是因为如果他不从命的话她可以使他的家庭生活变成地狱。

国王

不像男救世主可以看到问题的全景，而且清楚地知道自己的行动对所有人的影响，国王只能看到大的一面（忽视细节），不清楚他的某个决定对少数人的影响。

他没有感情，只能沉迷于一些事物来填补内心的空虚，像咖啡、工作、酒精和性。国王就像一个生活不知节制的教父或是黑帮老大。对他来说，任何事物都不存在中间地带。

他是一个强大的人，能够带领军队夺取胜利，也能够用他的人格魅力激励他人。他是一个伟大的战略家，善于说服他人，给别人想要的东西来赢得他们的支持。他的话就是法律，不过他也会给别人留点保住面子的机会。

他喜欢英雄救美的感觉，不管他的妻子会怎么想。因为他没有感情，无所谓罪恶感，所以他可以欺骗自己的妻子，并且毫无愧色地回家面对她。如果他被捉奸在床，他更懊恼的是自己的疏忽大意，而非自己的所作所为对家庭的伤害。他离家在外的时候，觉得自己过的是另一种人生。他会养活自己的家庭、保护家人，同时也觉得自己完全应该享受生活的战利品。他会是一个很厉害的政治家。

国王关心什么？

● 国王需要拥有一个可以统治的王国。他想要一个自己的家庭、公司或者其他团体。

● 他喜欢因为自己的力量而得到别人的崇拜和尊敬，也喜欢必要时自己在别人心中激起的恐惧。他希望自己有无人可以忽视的强大力量。

● 他关心自己统治的子民，对待他们忠实而慷慨。他无法表达情感，就会使用金钱和礼物来表示。

● 他什么都要做到最好，为了赢得这样的头衔，他不惜代价，甚至会跟对手决斗。

国王害怕什么？

● 国王害怕会有更强更年轻、更迅猛、更聪明的人出现，将他取而代之。他努力奋斗、辛苦经营，走到事业和家庭的顶端，一直保持警惕，捍卫自己的王国。从这方面来说，他很像黑帮老大，他也很害怕失去优势。

● 他害怕自己的情感，因为它们对他来说如此陌生。他可能会想要找一个妻子来替他表达情感。她哭得越厉害，他就越可以长时间地望着她而收起自己的眼泪。情感对他来说是软弱的象征，对于建立一个王朝毫无助益。

国王的动力是什么?

● 他最大的动力是自尊心。他渴望得到人们的承认。他希望人们一提到他的名字就肃然起敬，因而会竭尽全力维护自己的形象。激将法对他最管用，叫他胆小鬼，他就会做任何事来证明他不是。

● 他希望自己的家人和女友也同样地尊敬他。作为一个慈爱的父亲，如果他的女儿叛逆，不服从他的权威，他会深受打击，跟她彻底断绝父女关系。

● 他会为了保住权力而不顾一切。

其他角色如何看待国王?

● 其他人要么觉得他是一个榜样，要么觉得他是一个自大狂。他的控制欲主宰了他的人生，所以他跟那些不及他雄心勃勃的人不合拍。他没有时间跟普通的朋友一起在镇上度过几个美好的夜晚，只跟那些对他有帮助的强大盟友在一起。

● 人们会觉得他毫无感情——一块岩石。没有什么东西能够打败他，那些处境艰难的弱者会到他这里寻找依靠。处在家庭暴力中的女子也会来寻求他的帮助，他的妻子会觉得自己把丈夫借给了其他女人。

● 他的衣着可能会很时髦，尤其是他要借助衣着胜过一个比他强大的人的时候。如果那个人穿着一件价值 1 200 美元的西装，他就会买件价值 2 000 美元的。

● 他总是表现得非常自信，甚至傲慢。

发展性格弧线

看一下你的角色在故事中的主要目标，再想一下你选择了哪些他害怕的事物来挑战他。他需要学会什么来克服他的恐惧？他需要学会表达他的情感、找到他的内心么？国王就好像《黑道家族》中的那个黑社会老大，因为过于隐藏自己的情感而变得焦虑，他只有把内心的痛苦倾诉出来才能做一个更有效的管理者。他需要学会放开控制欲和主导欲，让别人去领导么？他需要面对自己的老去和来自年轻国王的竞争么？

通常，国王需要感到自己的脆弱才能开始改变。只有当他自己或是对他非常重要的人身上发生了一些惨痛的事时，他为自己筑起的高高的心墙才能坍塌。或者是他真的心脏病发作了。

他的童年时期发生了什么，使得这个原型主导了他的性格呢？他的父亲是软弱还是强大的？他的母亲是不是过于强势，让他觉得自己不像个男子汉？他是否曾被当地的混混打个半死，直到他开始动手还击，几乎杀死对方，然后成为学校里的老大？

要想成长，这个原型最好跟以下原型搭配：

艺术家——能帮助他认识和表达自己的情感，向他展示如何对爱和创造力敞开怀抱。

背后中伤者——如果国王失去了一个重要的盟友，他的王国会因此而坍塌，他不得不重新审视自己的人生。

亚马逊女子——让他明白女人也可以是他强大的同盟和朋友。她让他了解到自己身上女性化的一面并不一定就是软弱的代名词。

蛇蝎美人——国王以为自己对女人有完全的掌控权，如果被一个女人占了上风，他会深受打击。蛇蝎美人做事鬼祟，所以可以比他更强大。

国王的优点

- 需要家庭、团队或公司来让他管理。
- 会在家庭之外度过许多愉快时光，参加许多活动。
- 善于结盟。
- 爱给朋友和家人送礼物。

- 是伟大的谋略家。
- 忠实、慷慨。
- 极为果断、自信。
- 是最可依靠的人。

国王的缺点

- 总是想要控制他人；喜欢主导。
- 觉得自己有权在家庭和婚姻之外过另一种自由的人生。
- 觉得他的妻子应该负责所有的家庭日常事务，让他不用操心。
- 喜欢让别人怕他。
- 不善于表达情感，将流露情感视为软弱的象征。
- 在寻求帮助方面有一些心理障碍。
- 像苦行僧一般。

国王的反面角色：独裁者

国王的反面角色是独裁者。他过度着迷于统治和控制他人。他想要臣民彻底服从。他甚至会惩罚无辜的人，只为了让别人明白他的权力。他想要做一个神灵，可以任意处置他人的命运和人生。

如果有人胆敢站出来反抗他，他就会怒火滔天，殃及所有人。他会把这一切推到反抗者的身上，认为正是他的反抗害了大家。“不服从我的人只有死路一条”是他的口头禅。

他制定法律只是为了享受他的权力。他喜欢看别人竭力遵循他的法规。他不了解自己行为的后果，也不关心。“如果每个人都好好表现，我就不用这么挑剔了。”他这么告诉别人，而实际上，人们不管怎样表现，他都不会满意。

他还有消极攻击倾向，他会告诉家人，他们可以做他不赞同的事，但他的行动会让他们明白这是绝不允许的。他控制着王国中的一切，如果人们不喜欢他的做法，那就太糟糕了。没有人可以离开他的王国，尤其不可能带着笑容离开。对他来说，背叛是最不能容忍的一种冒犯，他会讨回公道。

独裁者

- 执迷于控制和统治他人。
- 有消极攻击倾向，会让别人先犯错，以使他有机会来惩罚别人。
- 会是一个暴君。
- 是一个苛刻的正义行使者。
- 制定一些毫无意义的法令，仅仅为了使用他的权力。
- 极为挑剔。
- 很少跟家人一起共度时光。
- 光是提起他的名字就叫人害怕。
- 会羞辱他人，迫使他们低头求饶。

影视、文学、历史中的宙斯

国王/独裁者类型的电视剧角色

- 《黑道家族》中的托尼·瑟普拉诺（詹姆斯·甘多菲尼饰）
- 《星际迷航》中的柯克船长（威廉·夏特纳饰）
- 《宋飞正传》中的杰瑞·宋飞（杰瑞·宋飞饰）
- 《盖里甘的岛》中的队长乔纳斯·格鲁姆比（艾伦·海尔饰）
- 《我爱露西》中的瑞奇·里卡多（德西·阿纳兹饰）
- 《北国风云》中的莫里斯·明尼菲尔德（巴里·柯宾饰）

国王/独裁者类型的电影角色

- 《教父》中的唐·维托·柯里昂（马龙·白兰度饰）

● 《教父2》中的唐·迈克尔·柯里昂（阿尔·帕西诺饰）

● 《亚当的肋骨》（*Adam's Rib*）中的亚当·邦纳（史宾塞·屈赛饰）

● 《巴顿将军》（*Patton*）中的乔治·巴顿将军（乔治·坎贝尔·斯科特饰）

● 《国王与我》（*The King and I*）中的国王蒙克库特（尤尔·伯连纳饰）

国王/独裁者类型的文学形象或历史人物

● 亚瑟王

● 尤利乌斯·恺撒

● 《金银岛》中的朗·约翰·西尔弗，罗伯特·路易斯·史蒂文森著

● 基德船长[①]

● 《白鲸记》中的亚哈船长，赫尔曼·麦尔维尔著

● 《李尔王》中的李尔王，莎士比亚著

● 《热铁皮屋顶上的猫》（*Cat on a Hot Tin Roof*）中的老大，田纳西·威廉斯著

● 《安东尼与克莉奥佩特拉》中的马克·安东尼，莎士比亚著

● 《帖木儿大帝》（*Tamburlaine the Great*）中的帖木儿，克里斯托弗·马洛著

---

① 基德船长（Captain Kidd），苏格兰海盗。

第四部分 创造配角

19

配角简介

配角是故事中制造冲突的重要资源。每个配角都会以自己独特的方式给主角制造障碍。

如果你的故事在某个地方停滞了——某个场景行不通，或是某个次要情节走进死胡同了——你可以加入一个配角来使故事变得有趣。下文将要介绍的原型可以帮助你创造出生动的配角，给故事增色。他们绝不是问一个问题、说一句台词就离开了；他们会带来令人难忘的时刻，给某个场景带来潜台词。他们会在主角周围停留一段时间，在不该出现的时候冒出来，制造一些新的麻烦。

想一下《宋飞正传》里的纽曼（韦恩·奈特饰），他讨厌杰瑞，总是找杰瑞麻烦，使他的生活雪上加霜。有一集里，杰瑞在电影院里跟女友缱绻，当时正放着《辛德勒名单》——因为他父母过来住在他的公寓里，他没有跟女友独处的时间。编剧故意安排他的死敌纽曼那个时间刚好也在电影院，并让他看到杰瑞，于是他就跑到杰瑞家里去告状，向杰瑞的父母添油加醋地描述杰瑞在影院的所作所为，最后导致杰瑞和女友分手。

在你构思故事的发展过程、编排情节时，试着找一些更紧张、更戏剧化的场景或子情节，试着在故事中加入一个配角。

配角有三类：朋友，对手和象征。

20

朋友

朋友这类配角指的是那些好心但有时会带来麻烦的人。他们或是给出错误的建议，或是忘记告诉主角一些重要的事情，或是迫使主角放弃自己的要务来救他们，或是抱着“为了主角好”的心态而做出一些逆他心意的事。

配角中的朋友主要分成四类：

- 智者
- 指导者
- 挚友
- 爱侣

智者

智者就是智慧之音。他是那个无所不知的人，主角正在经历的事他早就已经经历过，可能还经历过好几次。他有能力帮助主角避开问题和陷阱，不过他觉得让主角自己琢磨出办法要更好一些。“经历是最好的老师”是他的信条。智者是大师；主角是学生。

智者通常不愿意帮助主角，他更喜欢像洞穴中的隐士一样独自生活。红尘俗世的纷扰不是他最关心的事情。必须要有人说服智者来伸出援手，而主角必须要看到智者提供的帮助的重大意义。当智者答应帮助主角的时候，他会表示一切都必须照他说的去做。他的话就是法律。

当主角陷入困境，然后得知智者本可以使她避免这一切的时候，通常会很生气。她可能一时之间意识不到自己学到的东西，直到后来遇到一个相似而更大的挑战，此时她才会意识到自己可以应对这一切，然后独自解决掉这个麻烦。如果她没有之前那段经历的话，她可能就会败下阵来。

在两人逐渐熟悉之后，智者会开始把主角视为朋友或是孩子。他在主角的身上看到自己的影子，通过这个学生重新使用自己的智慧，让他感到愉快。主角成功的时候，就好像他自己成功了一样。如果做学生的忘记了智者，或是变得比智者更高明，两人的关系可能会变糟。智者会因为主角不再需要自己的指引而伤心，觉得自己就像一个泼洗澡水时被扔出去的小婴儿。

智者会和主角产生一些冲突：

- 当他嫉妒主角独自完成一些大事时。
- 当他想给主角上艰难的一课，却不考虑主角追寻的目标和当下紧迫的时间时。
- 当他向主角保留了一些对付问题必需的信息，以便主角可以自己学会时。
- 当他故意给主角一些错误的信息来考验她时。
- 当他拒绝提供帮助时。

智者的具体例子

- 智者可能是一个大侦探，了解主角正在处理的所有案件，不过已经辞职，因为他想要忘掉自己了解的各种残酷事实。他对这个来向自己求助的新手没有好气，不想重新揭开尘封的记忆。
- 智者可能是那个不肯训练新运动员的教练。
- 智者通常是主角想要学习的领域的大师，不管是武术、棋类还是别的什么。

影视作品中的智者

●《星球大战》中的欧比王·肯诺比（亚历克·吉尼斯饰）

●《王者之旅》（*Searching for Bobby Fischer*）中的地位尊崇的象棋大师布鲁斯·潘道菲尼（本·金斯利饰）

指导者

比起智者，指导者更接近主角的水平，跟他更相似。指导者爱提供建议，喜欢参与主角的事务。指导者就像一个高级帮手，不过也许很快自己就需要帮助了。

负面的指导者

最糟的时候，指导者喜欢通过帮助主角而得到地位和威望。他想要参与每一步行动，紧紧抓住自己的权力。两人之间建立了某种等级秩序后，当主角超过他时，指导者要放弃自己的优势地位，会觉得很痛苦。两人年纪差距越大，指导者越容易放手。如果主角跟他年龄相近，两人之间的关系可能会变成竞争性的。主角可能会在指导者的眼中看到自己未来的样子，他可能不喜欢这样的未来。他可能会把自己犯的错误都怪到指导者身上，并试图疏远他。

影视作品中的负面指导者

●《华尔街》中的戈登·盖柯（迈克尔·道格拉斯饰），这个华尔街巨头指导主角，并诱使他做出一些欺诈性的交易行为。

●《上班女郎》中的凯瑟琳·帕克（西格妮·韦弗饰），她让主角相信她，然后把主角的创意据为己有，到老板面前邀功。

正面的指导者

一个好的指导者会在主角寻求帮助时大方地提供帮助，二十四小时在线。她会在主角的身上看到自己，并很高兴通过他重新过一遍人生。她乐意提供建议和专业意见。在她看来，主角的成功就等同于她的成功。她不觉得自己跟主角之间存在什么竞争关系，在主角向她求教的时候也非常耐心。很多时候，指导者自己曾经有过类似主角现在正在追寻的目标，而她当年没有实现。如果她帮助主角，她就可以通过他实现那个目标。

许多动作片里都会用到这种关系，主角最后会成功地完成指导者当年未了的心愿，像是打败某个人，或是在坏人行凶之前找到他——这一切都在指导者的帮助之下。

影视作品中的正面指导者

- 《黑客帝国》中的墨菲斯（劳伦斯·菲什伯恩饰）知道自己不可能像尼奥那么技艺高超，但是他会和尼奥一起赢得这场战争。
- 《洛奇》中的米奇（伯吉斯·梅雷迪思饰）知道自己不能战斗，但他可以帮助洛奇达到自己永远达不到的高度。

指导者可能会和主角产生一些冲突：

- 当他觉得自己懂得最多（有时候确实如此）时，他会试图自己去完成主角的目标，在这个过程中把一切都弄得乱七八糟。
- 当他因为主角成长过快、超越自己而感到怨恨时，他会给主角带来情感上的痛苦。他会在主角最需要自己的时候离开。他会以这样的方式显示出他有多么重要。
- 主角会替指导者感到难过，而允许他一起参与完成任务。
- 主角可能在需要离开指导者去追逐自己目标的时候感到悲伤，而在告别的时候花了太多宝贵的时间。主角在指导者的眼中看到了几年后的自己。

指导者的具体例子

- 主角前去向其寻求建议的旧时高中老师。

- 主角这一行中的专家，对主角照顾有加。
- 只要他愿意分享信息、提供帮助，他可以解答主角的一切疑问。

挚友

挚友是主角的知己。她一直在那里，随时准备提供帮助，但不一定帮得上忙。她的出发点很好，不过有时会帮倒忙。她喜爱主角，总想着支持她。如果她看到主角跟她有点疏远，她会尽力去修复友情，甚至装病来博取关注。挚友为这段友情而生，不管在故事的开头她是不是这么想的。

有时候如果主角变化太大，挚友会感到受到威胁，因为她知道自己必须跟着主角一起变化，不然就可能跟她疏远。有些挚友不喜欢改变。

挚友也会给主角带来麻烦：

- 有时虽然出于好意却给出了一些糟糕的建议。
- 不愿意主角改变、超越自己。
- 嫉妒主角的成就，希望自己也有这些资源来完成一些壮举。
- 有时出于对主角安全的考虑，会使主角偏离自己的目标和正确的决定。
- 嫉妒主角与其他角色的关系，稍稍搞些破坏。

想一下她们是如何认识的，以及认识多久了。初看上去挚友跟主角可能并不像是同一类人，但她们通常有些共通的地方。在电影《我为玛丽狂》中，任何有一个智障同胞的角色都会是玛丽的朋友，因为玛丽爱她的那个智障弟弟。

主角和挚友可能是这样认识的：

- 挚友可能跟主角在同一个行业工作，或是有共同爱好。
- 她们可能上小学时就认识，自那之后就一直是好友。

● 她们可能住得很近，就因为这个而成了好朋友，没什么共同爱好。

● 她们可能是在工作中认识的，或是在大学里。

● 她们可能刚认识不久，主角还不太了解挚友，这给两人的友情增加了一丝神秘感。

影视作品中的挚友

●《绿野仙踪》中的铁皮人（杰克·哈利饰）是多萝西的挚友，他不像稻草人那样搞笑，也不像狮子那么胆小。

●《星球大战》中的机器人是天行者卢克的挚友。

爱侣

爱侣涉及的是故事中的爱情部分。虽然有些角色会因害怕爱情而逃避，但每个人最终都会想要被爱，找到适合自己的那个所在。

爱侣是家的所在和安全感的来源。他通常是主角倾诉感情的对象，她会对他诉说她的困惑和害怕。爱侣是乌云中的那道白光，可能是唯一相信主角的那个人。爱侣可能以宠物的形式出现，像《绿野仙踪》中的托托，或是以孩子的形式出现。

爱侣也会给主角制造麻烦：

● 她可能给主角下最后通牒。

● 她可能误解一些事情，带来更多麻烦。

● 她可能想帮忙，却帮了倒忙。

● 她可能被坏人抓走，使得主角不得不暂时搁置目标去救她。

如果你的主角爱上了一个不该爱的人，那会引起一系列的阻碍和副剧本。你故事中的世界或是社会会怎么面对以下情况呢？

● 同性恋情

● 年龄相差悬殊的两个人

- 不同种族的两个人
- 不同阶层的两个人

爱侣与主角之间是怎样的关系呢？

- 爱侣可能跟主角截然相反，给主角的生活带来平衡。
- 爱侣可能填补了主角生命中的空白，特别是如果主角小时候没有得到父母的关爱的话。
- 爱侣可能是专横的、颐指气使的，或是敏感的、随和的。
- 爱侣可能一开始并没有那么重要，直到有一天主角的世界突然坍塌。

想一下你要如何在故事中引入爱侣。读者看到爱侣的时候，他和主角之间的关系应该已经建立起来了。爱侣是需要特别对待的一个角色。主角忙碌的时候，冷落了朋友，你不会觉得她有什么特别不对的地方，但如果主角因为什么理由而冷落了自己的爱侣，你会觉得她的确做错了。爱侣应该在主角心中有特殊的位置；如果他没有，我们会想知道为什么，因为这会向我们揭示出主角的某种个性。如果她对待爱侣就像对待好友一样，那么她可能比较害怕做出承诺。

影视作品中的爱侣

- 《星球大战》中的莉亚公主（凯瑞・费雪饰）是天行者卢克所爱的人，她有着坚强的意志。
- 《绿野仙踪》中的托托拥有多萝西无条件的爱，她为了救它不顾一切。

21

对手

对手是那些友好的敌人，他们想要激怒一下主角。他们不喜欢主角，但是并不是反派，因为他们并不反对主角的目标；他们只是给主角制造许多问题和麻烦。他们没有太多恶意，只是喜欢弄点事情出来让主角有的忙。如果主角不在，他们还会觉得失落。想一下《宋飞正传》里的纽曼。

很多时候，对手对主角的仇恨是无意识的。他可能以为自己是在帮助主角达成目标，而实际上却是在破坏主角的每一次努力。小丑就是这样。他会无意之中弄坏东西，主角还没找到珍宝，珍宝图就先被他毁掉了。于是主角就只好寻找其他途径。

另一方面，对手的仇恨也可以是很清醒的，像是劲敌这种类型，他会一直等待机会来给主角一个教训。想一下《欢乐酒店》里面的卡拉（雷亚·珀尔曼饰），她总是在戴安（雪莉·隆饰）忙于处理其他事务的时候给她制造麻烦。

对手有时可能会帮助剧中的反派，不过也是点到即止。他们喜欢在主角达成目标的过程中制造些障碍，但对于那些会真正置主角于危险之中、伤害主角的事，他们并不参与，并不想这样伤害别人。他们只是热衷于搞点小破坏。

所有对手讨厌主角的理由都差不多：

- 他总是觉得自己跟主角之间存在竞争。

- 他可能嫉妒主角拥有的东西，潜意识里不希望看到他再得到更多。
- 他感觉到了主角的优越感，于是抓住每个机会打击主角。
- 他觉得自己阻止主角达成目标是对的，因为他的信仰告诉他主角是错的。他相信自己是为一个更重要的事业而奋斗。
- 他觉得自己比主角更聪明，知道的更多，应该给主角一点教训。
- 他可能就是喜欢自己比主角强，就像学校里的那种恶霸一样。

配角中的对手大致有六种：

- 逗乐者
- 小丑
- 劲敌
- 调查者
- 悲观者
- 超能力者

逗乐者

逗乐者是一个机智的、喜欢找麻烦的家伙。他喜欢开主角的玩笑，弄些恶作剧。对他来说，生活就是欢笑和乐趣。他享受一个好玩的笑话给他带来的关注，因为这让他觉得自己成了人们注意力的焦点。

他可能总是吵吵闹闹，惹人讨厌。有时当主角马上能理出头绪的时候，逗乐者来了，用他的玩笑和游戏打断了主角的思路。或者正当某个角色要坦白一些非常重要的事时，他搅和进来，改变了谈话的方向。他可能都没有察觉到自己做了什么。他觉得自己是在帮大家放松、缓解压力。

逗乐者有点自以为是，因为他只在意欢笑和轻松——这些是他要的东西。如果有人心情烦躁，想要倾诉，他会加进一点喜剧因素，让自己觉得舒服。他每到一处都要开个玩笑，而且别人要跟着笑，不然他就会生气，说些尖刻的话。他了解人们的一些秘密，如果感到自己受了委屈或羞辱，就会利用它们作为武器。

逗乐者会给主角带来麻烦：

- 他需要太多的关注，会把主角逼疯。
- 他会使得主角想尽方法来回避他，并因此失去一个达成目标的机会。
- 他跟主角开了个玩笑，结果使得主角离目标更远。
- 他对其他人说了一些关于主角的谣言，给主角和其他人制造了误会。

影视作品中的逗乐者

- 《欢乐酒店》中的山姆·马龙用那些关于女人的玩笑来逃避亲密关系。
- 《罗珊娜》中的达琳·康纳（莎拉·吉尔伯特饰）用那些令人厌恶的玩笑来克服困难。
- 《老友记》中的钱德勒用笑话来回避自己的情感，或者在别人讨论他们的问题时用笑话使气氛变得轻松。

小丑

小丑跟逗乐者很像，不过他大多数时候都是出于好意。他会因为一些身体上的笨拙而破坏了主角的计划。他有点像《我爱露西》中的露西，或是《三个活宝》中的拉里和柯利。他是一个很不灵活的冒险者。他不反对跳下飞机这样的主意，但是等他真的尝试时，就会出现灾难性后果。

小丑试图帮助主角，可是总是把事情搞砸。主角又不忍心拒绝他的帮助，因为他是如此的真心实意和纯真。主角没法叫他走开，因为他替倒霉的小丑感到难过。有些时候，两人会产生些摩擦，特别是当主角承受着很大的压力的时候。

小丑会给主角带来麻烦：

● 他总是跟着主角，所到之处都会因为笨拙而带来严重破坏。

● 由于他陷入困境，主角不得不放下其他事来帮助他。

● 当主角终于忍无可忍，叫他不要再跟着时，他会当作没听到。他会悄悄地又惹些麻烦，还埋怨主角不带上自己。

影视作品中的小丑

●《战士公主西娜》中的乔克瑟（特德·莱米饰）做不好任何一件事，倒是用他的滑稽动作分散了坏人的注意力。

●《宋飞正传》中的科兹摩·克雷默（迈克尔·理查兹饰）。

●《致命武器》（*Lethal Weapon*）中的利奥·凯茨（乔·佩西饰）。

●《绿野仙踪》中的稻草人（雷·博尔杰饰）几次着火、散架、不能走路。

劲敌

劲敌并不是一个恶人，而是一个还算友好的麻烦制造者，类似于《欢乐酒店》中的卡拉和《宋飞正传》里的纽曼。他不太在意主角的目标实现与否；他只是等待一个机会来把主角的事情搞砸。他们表面上维持着还算和谐的关系，因为他们可能有共同的朋友或是工作，或者其他一些把他们联系起来的事，但是只要他们两个单独在一起，和谐的气氛就会被打破。劲敌可能有一点儿嫉妒主角。他想让主角也尝试一下他的处境。他觉得自己的生活如此艰辛，那个看似完美的主角如果在自己的处境里可能一天也坚持不下去。

劲敌全身心地憎恨着主角，如果没有主角在那里做他仇恨的对象，他都不知道怎么过下去。纽曼的人生里如果少了杰瑞，他会很无聊。如果戴安不在身边，卡拉都没人可斗。劲敌的本质就是仇视主角。很多时候，这种爱恨交织的关系已经存在了多年，双方都想不起来当初是怎么开始的。他们只知道他们就是要憎恨彼此，于是他们就这样做了。有时候他们为了一个共同的目标而合作，但是目标一旦达成，他们就又分道扬镳了。《宝贝一族》（*The Drew Carey Show*）中的咪咪·博贝克（凯西·金妮饰）和德鲁·凯利经常联手捉弄别人，比如他们共同的老板。杰瑞也曾试图帮助纽曼找一个在别的州的工作，这样就可以让纽曼从自己的生活里消失。

劲敌会给主角带来一些麻烦：

- 他总是在暗处等着看主角疏忽犯错，给主角平添许多压力。
- 每次主角接近目标的时候，劲敌就会插手制造一些新的障碍。（如果主角正在等待来自杀手的一个电话，劲敌就会抢先一步接了电话，并且激怒杀手。）

影视作品中的劲敌

- 《宝贝一族》中的咪咪
- 《欢乐酒店》中的卡拉
- 《宋飞正传》中的纽曼

调查者

调查者总是在别人不需要他的时候，硬要插手一件事情，提出各种各样的问题，把主角逼疯。调查者缺乏安全感，他需要了解某个情形的各种细枝末节，才能决定怎么做。他害怕冒险，因为害怕做错。他需要按照常规来做每一件事，因为害怕触犯法律。

他试图控制和操纵主角来做他希望对方做的事。他嫉妒主角能够达成目标，因为他可能也曾有过类似的目标。眼睁睁看着主角做成了那些他希望自己也能做到的事，让他感到痛苦，所以他就把自己所有的恐惧和疑虑都抛给主角。他会用这样一些问题，像是“你有没有想过……”，来给主角制造疑虑，暗示主角需要他的帮助。

一开始，主角欢迎那些问题，觉得是有帮助的，但是到了某个阶段，它们开始刺激他的神经。他意识到调查者的真正目的，于是想要摆脱他。

调查者有时候觉得整个世界都处在危险之中，主角的行动和决定会牵扯到每一个人。调查者过分多虑，他使得每个人都没法明确立场、展开行动。

调查者会给主角带来麻烦：

- 在主角采取每步行动时，调查者都会问他一堆问题，使他进展缓慢。
- 他会把主角引往各种不同的方向，来耗尽主角的精力。主角做了一个决定，而调查者会使他不断兜圈子，举棋不定。

影视作品中的调查者

- 《男大当婚》（*Only the Lonely*）中的丹尼（约翰·坎迪饰）的专横的母亲。
- 《觉醒》（*The Awakening*）中的拉蒂格诺拉太太，提醒埃德娜她不能不受社会规范约束地活着——她的行为是有后果的。

悲观者

悲观者总是不赞同主角的行动。他抱的态度是“没什么能行得通”，所以连问题都懒得问。他觉得一切都不会顺利，所以他连尝试都省了。他是按兵不动的行家，喜欢看到自己的疑虑影响到主角的思考。当主角没有把握的时候，悲观者觉得自己对一切都持悲观的态度是对的。“他做不到，我们做不到，这是不可能做到的”是他的口头禅。

他不知道如何看待事物好的一面。他自己不抱希望，觉得主角居然不担心后果，真是愚蠢。他常说：“你可能一走到外面，就被车撞死了，天知道还有什么坏事在等着我们。”冒险不是他会做的事，除非他活腻了。那时候他就会冒险，等着厄运降临。

悲观者会给主角带来麻烦：

- 他会一个一个地否定主角的想法，直到主角再无想法。
- 他使主角怀疑自己已经采取或者将要采取的每个行动。
- 他让主角还没有开始战斗就感觉自己已经输掉了。
- 他会让主角做出错误的决定。
- 他劝说主角不要采取任何行动，直到事态发展到他不得不采取行动。

影视作品中的悲观者

- 这种角色在历史故事中大量存在着，特别是当人们要做一些前人没有做过的事情时。在《伊丽莎白》和《马尔科姆·X》（*Malcolm X*）中，有些角色总是说主角们要在他们的道路上继续走下去是多么危险和鲁莽。《勇敢的心》中的罗伯特·布鲁斯（安格斯·麦克菲戴恩饰）也是悲观者的一个例子。

超能力者

负面的超能力者

最糟的时候，超能力者无所不知，或是认为自己无所不知。他抱着高高在上的态度看待周围的一切事物。他试图在每个场合都显得冷静和全知，实际上常显得可笑。他试图预测接下来要发生的事，无论好坏，并且告诉主角他的敌人正在谋划什么。

有时候，他的角色是一个侦探、巫师，或是一个自认为了解所有人类行为的心理学家。如果他的预测被证明并不准确，他总是能把责任推到一些外在的因素上。他觉得自己应该得到主角的位置，因为他比主角高明。

多数时候，他就是一个追逐权力和特殊地位的角色，希望自己跟其他人比起来能够得到更高的评价。他的聪明和天赋使他与众不同，人们都要寻求他的帮助。

影视作品中的负面超能力者

●《人鬼情未了》中的奥德玛·布朗（乌比·戈德堡饰）装神弄鬼，从人们手里骗取钱财。

正面的超能力者

最好的时候，超能力者就像一个神谕者，能在主角前进的道路上给她建议和信息。他做事总是在为主角着想，而不是为了自己的私欲。他可能不想为自己的所作所为邀功，选择一直待在幕后，默默无闻。

影视作品中的正面超能力者

●《黑客帝国》中的先知（格洛丽娅·福斯特饰），无私地给所有角色提供建议，不期待任何回报。她投身于这个事业，为更多人的福祉而奋斗。她给尼奥错误的建议，因为那是他需要听到的。

超能力者会给主角带来麻烦：

● 她可能会把一些重要的信息保留不说，以便将来再发挥作用。

● 她可能会想要接手主角的部分使命，而搅乱了他的行动计划。

● 她可能坚持自己比主角知道得更多，使得其他角色对主角的计划产生了疑虑。

● 她的预测可能会吓到主角或其他角色。她可能会告诉主角她已经看到或者知道某个行动不会成功，给主角造成更多的心理负担。

22

象征

象征类角色代表着一些对主角来说重要的人和事，可能象征着主角的过去、主角的缺点，或是主角想要成为的那个人。

有时候，一个朋友或是一个敌人也可以是象征类角色，比如说，挚友就像一面镜子，能够照出主角的缺点。

象征类的配角有三种：

- 影子
- 迷失的灵魂
- 翻版

影子

影子会映射出主角的性格缺陷或是黑暗面，这样他就可以正视并且克服自己的缺点。主角会试图避开影子，因为看到他就意味着看到自己的缺点和恐惧。影子身上最明显的要素就是他和主角的缺点。

如果你的主角不敢面对自己的恐惧，那么影子对他来说可能是全世界最让他感到害怕的角色。影子通常放大主角的弱点，并要求主角承认，加以克服。如果主角害怕变得疯狂，影子可能就是一个失去理智的人。如果主角总是生气，影子可能就是暴怒的人。

影子还会说出其他人不敢说出的话。在恐怖电影里，他是那个喊出“我们都要完蛋”的人。在戏剧化的故事里，他是那个主角不想成为的父亲或母亲形象。

影子会给主角带来麻烦：

● 他给主角带来精神上的折磨，因为主角在影子身上看到了自己。

● 他的力量可能跟主角同样强大，甚至更强，他会给主角设置障碍，直到主角认识到他的存在。（如果主角是易怒的，影子的怒火可能会打断通往目标的整个计划。）

影视作品中的影子

●《月光光心慌慌》（*Halloween*）中所有跟劳丽·斯楚德（洁美·李·寇蒂斯饰）一样被吓坏的角色。

●《绿野仙踪》中胆小的狮子（伯特·拉尔饰）象征着多萝西需要在内心找到的勇气。

迷失的灵魂

迷失的灵魂象征着主角的过去，提醒她从何而来以及她为何要改变。主角如果不能达成目标，就会回到迷失的灵魂这样的状态。迷失的灵魂是代表过去的形象——那个从未达成目标的人，因为她根本没有目标。她总是在生活里随波逐流，被动地适应，而非创造生活。她不知道如何改变人生，不敢走出第一步。直到她看到主角，才意识到自己有多少该走而没有走的路。这可能会让她情绪低落。通常，主角会注意到这一点，而在迷失的灵魂面前刻意轻描淡写自己的成就。

● 她是主角自儿时起就认识的老朋友，一点都没有改变，主角唯一能跟她聊的就是过去。

● 迷失的灵魂可能是放弃自己的雄心壮志来养家的人，对自己的选择并不开心。

● 他可能是个从小就吸毒的孩子，长大了继续吸毒，而他的所有朋友都去上了大学，成就了一番事业。

● 迷失的灵魂也可能是一个放弃了自己的事业来带孩子、照顾家庭的女人，而主角则为了事业而放弃了生孩子，情况也可能反过来。主角可能一度嫉妒过她的生活，不过她现在明白迷失的灵魂的生活并不适合自己，她也无法想象自己变成那样。

当主角看到迷失的灵魂时，她会不由暗想“要不是上帝仁慈，我也会变成那样”。如果她选择继续被动生活，不去追逐自己的目标，她就会变成迷失的灵魂。这个配角会驱使主角去达成目标，因为她害怕自己不努力就会变得跟迷失的灵魂一样。

迷失的灵魂会给主角带来麻烦：

● 她可能试图让主角相信她的生活很好，而使主角选择她的人生道路，从而犯下大错。

● 如果事情不顺利的话，她的存在总是提醒着主角她过去的和未来可能的样子。

● 她使主角对自身的成就感到歉疚。

● 她会做一些极端的事来获取主角的注意和帮助，尤其是在整个情节发展最糟的时机。

影视作品中的迷失的灵魂

●《宋飞正传》中的乔治·科斯坦萨（杰森·亚历山大饰）什么也不想做，只想随波逐流度过一生。

●《觉醒》中的拉蒂格诺拉太太对于埃德娜来说就是迷失的灵魂。

翻版

翻版是主角想要成为的那个人——一个榜样。主角要么崇拜翻版，要么嫉妒他，对他颇有微词。翻版是主角达成目标时想要成为的那个人。他多才多艺、稳重而自信。

无论主角的兴趣是什么——科学还是艺术——翻版都是那个领域的行家，并且通常处在别人遥不可及的高度。主角的兴趣常是情节的组成部分，他在这方面的精通会在后面帮助他达成目标。

主角可能想要写小说，梦想成为斯蒂芬·金这样成功的小说家。他的整间卧室可能放满了斯蒂芬·金的小说。或者主角可能想要知道如何侵入一个新的电脑系统，因此不惜一切，想要认识那个编制出他无法入侵的安全系统的神秘的编程大师。

在最理想的状况下，翻版会成为主角的灵性导师或是指引者。他们为主角开辟了一条可以追随的道路，或是给主角留出空间，让他自己生长发芽。

翻版会与主角产生一些冲突：

● 他可能会阻止主角向自己的方向发展，因为他不想在自己的领域里增加新的对手。

● 如果主角喜欢翻版，让他成为翻版可能会比较困难。因为那时就没有什么人可以仰视了。主角将不得不为自己的人生负责，让自己成为自己曾经崇拜的人。

影视作品中的翻版

●《星球大战》中的天行者卢克渴望变成父亲（翻版）那样。他崇拜着父亲，不知道他的父亲其实是第一部影片中的黑武士。

●《绿野仙踪》中的善良女巫格林达是一个翻版和指引者。她的力量、聪慧和善良都是多萝西努力想要拥有的。

第五部分

女性和男性的旅程

23

原型旅程简介

现在你已经了解了角色原型，接下来的这个部分会带你认识女性和男性的旅程。在你想好了自己的角色，并对自己要讲的故事有了初步的想法后，你要列出角色所在故事的提纲。

每个原型对旅程中的每一步会有不同的对待方式，不管是女主角面对着男性旅程还是男主角面对着女性旅程。这些旅程不是根据性别区分的，虽然大多数男性角色走的都是男性旅程，反之亦然。

有些角色会跟道路上的每一个改变做斗争，而另外一些角色会欢迎这些改变。有些角色会笑看世界，另一些则会因它而苦恼。你的角色在旅程中会作何反应，由你这个作者决定。你为角色选好的原型会带给你较大帮助。

场景安排方面：在电影剧本创作中，一个 120 页的剧本一般分为三幕，每一页在银幕上占一分钟。第一幕是开篇，由前 30 页组成。第二幕是中间部分，占 60 页。第三幕是结尾，占 30 页。我使用这个框架来解释旅程中的各个阶段。

简短概述：

女性旅程中，主角必须深入内心，在整个故事中从头到尾都在改变。主角在第一幕中觉醒，然后走向重生。“每周电影”和一些性格主导的故事倾向于这一类，像《绿野仙踪》、《泰坦尼克号》、《美国丽人》、《母亲》、《觉醒》和《异形》等影片。

这个类型的旅程是基于《伊南娜的冥界之旅》（*The Descent of Inanna*）这个神话故事的，它是历史上记载的最古老的神话之一。

男性旅程中，主角会一直抗拒着内心的改变，直到第三幕，到那个时候他必须做出选择，是觉醒然后获得胜利，还是抗拒改变然后失败。传统的警匪电影和动作片一般属于这一类，像《星球大战》、《特工狂花》、《致命武器》、《白鲸记》、《夺金三王》和《阿呆与阿瓜》等影片。

这类旅程则基于古老的美索不达米亚神话、流传千年的史诗《吉尔伽美什》。

你可以发挥创造力，在女性旅程中加入动作和悬疑，像《异形》中那样，或者在男性旅程中加入激烈的性格转变和成长，像《夺金三王》中那样。

这些旅程类型是用来指引创作者的。它们提供了基本的框架，使你不用去担心结构。有了这些框架，你就知道自己的故事会往哪个方向发展。你可以把时间花在塑造有趣的角色和给故事增加新的进展上，而不用想着故事的结构和方向。旅程阶段是解放你的创造力的工具。你在阶段和阶段之间可以花上一页或是一百页，这完全取决于你。

接下来的几个章节将讨论女性和男性旅程。每个阶段都有细致的框架，还有从大众电影和古典文学中选出的例子。名为“性别偏移”的这部分说的是男主角踏上女性旅程、女主角踏上男性旅程，每个阶段的末尾都会有一个写作技巧部分，来帮助你打开思路。不过在深入讨论这些旅程之前，我们要先看一下影响着每个旅程的性别差异。

性别差异

旅程虽有不同，不过它们都给角色提供了形成正面和负面品质的机会。在《潜入深处再浮出水面》（*Diving Deep and Surfacing*）这本书中，卡罗尔·克莱斯特（Carol P. Christ）解释了这种区别："大多数心理学家（和作者）都倾向于强调男性旅程的积极方面。实际上，两种旅程都带来了不同的好处和弊端。如果说男性旅程给他们带来强大的自我意识，这同时也使得他们对他人缺乏认同感和同情心，不太能够把他人看作与自己相同的生命，不太能够接受神秘体验。如果说女性旅程消极的一面是她们自我意识较弱，那么积极的一面就是她们比较容易产生认同感、同情心，容易接受神秘事物。"

了解两性之间的主要差异，能够帮助男作家创造出更为真实的女性角色，帮助女作家创造出更为真实的男性角色。比方说，很多女作家没有意识到男人养家糊口的压力，而很多男作家没有意识到女人在日常生活中对危险的恐惧。让一个女性角色在深夜毫不害怕地走在一条黑暗的巷子里，这样的场景会让女性读者觉得要么这个角色是一个不知恐惧为何物的超级英雄，要么这个作者完全不了解女人。

接下来的三个主题——力量、支持和出发的世界——是对男性和女性面对的不同命题的概述，无论他们属于哪种原型。

至于一个角色会如何内化这些命题，就由你决定了。父亲的女儿可能会选择无视女性遭受的任何不公正待遇，因为她想要融入男人的圈子。她可能会遇到若干不平等的事例，她需要用自己的防御力量来否认她所看到的。一个国王则可能需要交出他的权力才能存活下来，他不明白投降并不意味着失败。

力量上的差异

男人和女人都需要消解原来的自我才能醒悟。女人需要得到权力，来意识到自己真正的目标以及自身与世界的关联，而男人需要放开手中的权力，去了解自己真正的目标以及自身与世界的关联。

女主角在第一幕结束的时候醒悟，走上通往她的权力的道路，而男主角一路守着自己的权力，直到第三幕才开始意识到他的权力阻碍着他全面感受人生。如果他再不醒悟，他就会走向毁灭，就像《白鲸记》中的亚哈船长一样。

觉醒是角色经历的某种屈服，是进入未知世界的重生。觉醒，对男人来说，是放弃权力和控制，对女人来说，则是获得权力。

对作者来说，这意味着要传达一种深刻的责任感，一种内在的改变，或是对为角色选好的道路的再度思考。就连一些讲述强壮粗犷的男主角通过战斗拯救佳人的动作片也会在结尾处让主角的形象有所升华。他会回顾自己过去的种种，希望自己当时做得更好；他变得自觉。这样整个故事就升华成某种神话般的旅程，而不是简单故事的拼凑。

很多女人意识到了她们的人生总是装满别人的目标和志向。她们不清楚自己内心深处真正想要的是什么，直到她们的世界坍塌，才被迫重新审视每一件事。就像多萝西被丢进了奥兹国，她不再身处堪萨斯州，她必须在新的环境里找到自己的方向。

很多男人则意识到了他们在这个世界上拥有的权力只能帮助他们达成社会觉得适合他们的目标。对一个男人来说，如果他的目标是待在家里带孩子，这意味着他放弃了部分权力，因为依据社会关于男人该做什么的标准，他不是一个“真正的”男人。《夺金三王》中的主角们放弃了找寻金子的目标，决定帮助当地那些绝望的人们。他们意识到了自己与其他人的联系，放弃了原来的权力和目标来拯救这些人。

支持上的差异

女性和男性旅程中的另一个主要区别是关于支持方面的。男主角离家踏上征程的时候，会得到团队和社会的真心支持。

女主角试图离开家园踏上旅途的时候，则得不到真心的支持。回想一下那个离开丈夫和家庭来开始新生活的女人——凯特·肖邦的小说《觉醒》中的埃德娜，或是想一下电影《魔鬼女大兵》中那个想要参加战斗而拿起枪的女人。

当她试图离开社会觉得适合她的那些角色时，她会遭遇强大的社会力量。这种力量有时会表现为人们攻击她的脆弱的自尊，让她相信她无法做自己真正感兴趣的事情，《觉醒》中的埃德娜就是在这种压力之下自杀的。

没有多少男主角会在踏上旅程时遭遇这样的逆境。人们本来就期待男人开始旅程，追寻更好的东西，抓住他们的一些梦想。男人可能会觉得他需要女人照顾家园，这样他才可以开始自己的旅程。有时他证明自己的方式就是拯救一个女人。

出发的世界不同

对女人来说危险的世界

很多女人做计划时都要考虑什么是安全的、什么是不安全的，而有些女人则无视身边可能的危险，结果常常陷入困境，像少女原型那样。对于一些女性角色来说，出去相亲是她们绝对不会去做的，更不用说去见一个征婚广告上看到的男人。

如果女性角色听凭恐惧支配，恐惧会给她的人生带来极大的限制。读者也可能会无意识地评判她的行为，觉得“她去那个危险的地方做什么呢?”把责任推给受害者会让人们觉得自己的生活中不会发生类似的事。想一下《被告人》(*The Accused*)中的莎拉·托拜厄斯(朱迪·福斯特饰)。

这让我们明白为什么女人们都很喜欢《末路狂花》——两个普通的女人，一个家庭主妇和一个女服务员，拿回她们的权力，并且克服了所有女人每天面对的那些恐惧。

对女人苛求的世界

女人还要面对社会要她们生孩子、做好家庭主妇的要求。女人们开始揭穿那个告诉她们可以拥有全部的神话——事业、孩子和婚姻。在精疲力竭和重重压力下，女人们开始了解她们不可能拥有全部。

有些人会选择不要孩子，这样的选择一方面会使她们感觉被排斥，一方面会觉得自己不像女人，因为女人的身份和母亲的身份时常被混为一谈。当她把自己的决定告诉他人时，人们会觉得她要么没有生育能力，要么就是自私。你的女主角可能正在经历这些事。

那些选择生孩子的女人们则意识到她们必须放弃事业几年，来完成生育。这可能会让她们因为不能同时完成这些事而觉得自己很失败。你的主角是否也放弃了事业梦想来生养孩子呢？

对男人充满期望的世界

在这个充满期望的世界里，男人们会被社会的三个要求轰炸：表现、养家、保护。

男人被媒体和社会告知，如果他想要做一个真正的男人，他就必须要表现，而且要表现良好。他必须要先有事业和金钱，然后才配得上一个美丽的女人。买这辆车，得到这个工作，穿这些衣服，然后你就能成功，人们是这么告诉他的。你要日夜工作，还要不断跟其他男人竞争，因为金钱就是权力，权力就是一切。

当一个丈夫后来从妻子那里听到“我真希望你有更多的时间爱我，而不是你的工作”时，对他的打击可能是毁灭性的。你的主角是不是也处于这种困境中呢？他意识到自己没有花足够的时间陪孩子，还放弃了自己真正的梦想，只因为做那些事挣不到多少钱。

男人还被告知他必须保护女人和孩子，要坚强，不要流露情绪。他还必须为所爱的人的安全负责，不管他当时在不在场、能不能救助。男人的生命被视为可牺牲的——想想泰坦尼克号上那些不能坐进救生艇的男人们。你的主角害怕暴露自己的恐惧、害怕表现得脆弱么?

…………

那么这一切是要说明什么呢?只是要作者意识到他需要了解一些关于性别的话题。可能在你的故事里不会谈论这些话题，但是它们依然存在于潜在的文本里。读者们每天都要面对这些事，她们会喜欢和信任故事里那个勇敢面对当前性别问题的角色。想想《大老婆俱乐部》和《失恋排行榜》(*High Fidelity*)这两部电影处理得多么出色吧。这些故事跟男人、女人们的亲身经历如此贴近，所以观众热爱它们。

24

构建女性旅程

在女性旅程中，主角鼓起勇气面对死亡，脱胎换骨，像重生一般成为一个掌控自己人生的完整的人。

她从质疑权威开始，然后获得勇气为自己挺身而出，最后愿意独自面对自己象征意义上的死亡。这个包含九个阶段的过程通常体现为三幕，是经典的故事结构。

她的旅程的九个阶段如下：

第一幕：牵制

1. 对完美世界的幻想

2. 背叛或领悟

3. 觉醒——为旅程做好准备

第二幕：改变

4. 下降——穿过审判之门

5. 风暴之眼

6. 死亡——失去一切

第三幕：上升

7. 支持

8. 重生——真相的时刻

9. 周而复始——回到完美世界

第一幕

阶段 1：对完美世界的幻想

> 一个叫莎拉的女人坐在窗前，看着云朵在湛蓝的天空里飘浮，她告诉自己："现在这样很好。"
>
> 莎拉这些年在自己周围建了一个玻璃罩，使自己远离那些伴随成长而来的疼痛和不确定。她就像睡美人一样，对周围的真实世界一无所知，也不知道自己拥有唤醒自我的力量。她相信只要自己一切照着规则来就会得到奖赏。随着时间流逝，玻璃墙逐渐向她逼近，越来越近，近到她一站起来头就会碰到上面的玻璃天花板。

主角没有采取措施对付头顶的天花板，相反，她决定不要站起来。她把她的创造力用在忍受她的处境上，不去承认这个事实，即她所处的世界限制了她的成长。

她对自己的未来有种虚假的安全感，以为只要她保持原状大家就都会喜欢她。这是个安全的世界，里面是她熟悉的一切；生活的重复给她带来安全的幻觉。

她天真地活在谎言里，希望其他人会照顾她，或是她做一个牺牲者，接受命运的安排。她没有动力为自己寻找另一种生活的可能。

她无法想象冒着失去一切的风险来逃离这个世界。她不知道外面有更好的世界。"每个人不都在受苦么?"她想着。她想要尽力让自己适应目前这个世界，这样她就可以避免改变和成长带来的痛苦。

那些她在乎的事物也使她不想离开——养家，等待晋升，挽救每一个人，除了她自己，或是别人的看法。有了这些借口，她就可以不采取行动，不用去看周围那些可能的机会。

为了使读者相信就算主角在故事的后面部分遇到困难的处境，也比留在原地强，目前这个环境必须构建成一个消极、负面的空间，主角在这里无法发挥自己的才能。一开始她可能会尽力对自己去解释发生在自己身上的种种坏事，但是她的借口和理由迟早会用尽。

必须把目前这个“完美世界”刻画成一个消极、负面的环境，这样主角才有足够的动力觉醒。在整个故事中，她必须一直寻求更好的事物，因为很明显，她无法在目前的环境下好好生活。

为了在这个“完美世界”熬下去，有五种策略是主角可用的。主角通过使用其中的一种来逃避现实。她学会适应环境，并利用她的原型所特有的一些特质来立足。

这五种策略分别是：

天真策略：她不自觉地抱有这样的幻想，认为“其他女人可能会受到伤害、攻击或是被忽略，但是我不会；坏事不会发生在我身上；生活是美好的，我会因为自己的努力而得到奖赏；我要做的就是耐心等待”。

在《绿野仙踪》中，多萝西生活在一个单纯的世界中，那里的一切都循序渐进，没有色彩，没有激动人心的事，只有大量的重复和安逸。她试图找些事来做。她过得很无聊，当她想要帮忙做家务的时候，大家都叫她走开。她在那里无所适从。她没有意识到自己需要成长，而她必须离开农场才能成长。

灰姑娘策略：这样的女人在生活中要依靠男人的保护和指引。“我的男人会一直在这里帮助我，当他不在身旁的时候，其他男人也会来帮我，所以我不用担心会有什么坏事发生。男人们都愿意照顾我、善待我。”她可能会觉得自己要打扮得美丽动人来抓住男人。

《乱世佳人》中，郝思嘉坐在长椅上，身边围着两个迷恋她的男人。她不断地把话题从战争转到自己的身上。她不愿面对她的塔拉庄园之外的现实世界。家庭的财富给了她舒适的生活和体面的社会地位。她拒绝去想，她被困在这样一个社会里——女人即使在完全不累的时候也必须要去午睡。她只关心如何吸引住她遇到的所有男人的注意力。

例外策略：这个女人生活在男人的世界里，或者她自己是这样认为的。她觉得自己跟男人一样强大，也不断从同龄人中得到这样的肯定。“其他女人做不到，但是我可以，因为我是个例外。男人们欣赏我，因为我能跟他们一样，能融入他们的团体。我从不哭泣或是抱怨。”她会忽视办公环境里看到的各种性别歧视，因为她不觉得自己是个“女人”。

在《上班女郎》中，凯瑟琳·帕克完全压制了身上的一切女性特质。她总是跟男人们在一起，捉弄着办公室里的女秘书们。她觉得自己是唯一一个能够做好这份工作的女人，当另一个女人——一个秘书——接手她的工作时，她感到极度震惊。泰丝·麦吉尔（梅拉尼·格里菲思饰）相信自己比其他秘书都要好；如果她没有这样的想法，就抓不住那些机会。她把自己从其他女人那里区分出来，以打入男人的世界。

取悦策略：这类女人活着就是为了取悦他人。只要其他人高兴，她就高兴。她需要别人的认可。她就像一个温顺纯真的小女孩，什么都照着书上说的，克制自己的女性直觉和力量。她的行为都在支持现状，她排斥自己真实的欲望，来让自己融入环境。这给她一种人生在握的幻觉；她不会被人吼叫批评，因为她循规蹈矩地做着每件事。大多数时候，她都战战兢兢，如履薄冰。

在《末路狂花》中，塞尔玛像人们期望的那样，做着各种家务，守着一个糟糕的婚姻，但是内心深处她很不快乐。即便她的房子漂亮、干净，属于中上层阶级，她的生活却是自我毁灭型的。我们看到她在她丈夫的言语暴力下小心翼翼地生存。她看上去对他说的话有些麻木了，这样的生活一定已经持续了相当长的时间。

失望类型：这类女人对自己的命运感到愤怒又压抑，但是不采取行动去改变——目前还没有。她可能说话尖刻、语含讽刺，通常是办公室里最直言不讳的一个，或是扮演殉道者的角色，为了他人牺牲自己的利益。内心深处，她梦想着自己真正的目标，而它看上去如此遥不可及。她是五种类型中最清醒的一个，渴望找到一个正面的好榜样。她知道自己的世界不够好，但是没有欲望或是动力去改变它。

在《泰坦尼克号》中，萝丝过着一种受保护和控制的生活。一开始，我们觉得她是一个富有的女人，有一个爱她的未婚夫，还有仆人服侍她。一切看起来如此完美，可是她的眼眸里却藏着一种绝望的神情。慢慢地，我们了解到她的未婚夫和她的母亲监视着她的一举一动。她生活里的每件事都被安排好了，小到她晚餐要吃什么。我们意识到她为了家人而牺牲了自己，注定要抑郁地度过一生。

阶段 1 的例子

《伊南娜的冥界之旅》

在女神伊南娜的神话中，有一天，伊南娜认为自己已经做好登上王位并继承随之而来的智慧的准备了。她种了一棵树，默默地等待了十年，等这棵树长大，树干裂开，她可以用它来做一个宝座，但是一条蛇（新生的象征）、一只安祖鸟（知识的象征）和莉莉丝[①]（叛逆的女人）已经在树干里面筑巢，因此这棵树无法生长。（这三个象征物有点像《绿野仙踪》里多萝西寻找的内心、头脑和勇气。）

为了证明自己配得上王位，伊南娜必须亲手抓住这三个生物，但是她找来她的兄弟做这件事。他杀了这些生物，为她做了这个王座。他的保护使她没能开始独自的旅程，她继续留在了她安全的、受保护的世界里。

① 莉莉丝（Lilith），最早出现在苏美尔神话中，亦同时记载于犹太教的拉比文学。她被指为《旧约》里亚当的第一个妻子，由上帝用泥土所造，因不满上帝而离开伊甸园。

《绿野仙踪》

像之前提到的，多萝西生活在一个单纯的世界里。

《泰坦尼克号》

像之前提到的，萝丝过着一种受保护和控制的生活。

《觉醒》

埃德娜是一个对自己的命运感到压抑的牺牲者。故事的开篇，她和她的上流社会的朋友们一起去海边的别墅度假，虽然她的丈夫性情刻薄，她还是试图过得开心。她和罗伯特关系不错，这是一个妇女之友类型的人，跟她丈夫的性格完全相反。她既有钱又有闲暇，还有丈夫和孩子。像她这样的人应该快乐、满足、感恩，可是她却感到一丝绝望。

性别偏移：《美国丽人》

在影片的开始，我们看到了全家福，告诉我们这是一个幸福的家庭。我们看到一家人坐在一起分享美食，但是我们很快意识到事情远没有这么完美。就像莱斯特说的，“我希望我可以告诉女儿，她的愤怒、不安和困惑都会过去，但是我不想对她撒谎。”

莱斯特这辈子都在做他讨厌的工作。有一天他回顾人生，意识到自己的人生就是个空洞的谎言。事业上的成绩对他来说毫无意义，因为那只是别人眼中成功的标准。他只是为了工作而工作，在公司里爬着他不确定自己是否想爬的社会阶梯。

女性旅程阶段 1 的创作技巧

● 至少想出五个不同的环境来展示“完美世界”。如果办公室是她的完美世界，那么想一想她上班的一天里去过的各种不同的地方，选出一个最特别、最可以发挥的。

她可能每天早上九点零三分会在办公室后面的小巷里抽一根烟，鼓起勇气去面对一个挑剔的老板。她可能是唯一一个每天下午跟门卫们一起去自助餐厅吃葡萄果冻的医生，而他们可能在后面的故事里成为帮助她的人。

● 记住，你是在这个阶段向你的读者介绍你的主角，定下故事的主题。

● 有时候可以想一下故事开场之前主角碰到了什么事情，来增加一点趣味，或是透露更多关于主角的信息。她常为了送孩子们上学而手忙脚乱么？她的车坏掉了么？她曾中过一次奖？她遇到过一个很棒的男人？

阶段2：背叛或领悟

当莎拉在她的玻璃罩里望着天空时，面前出现了一大团乌云，挡住了明亮的阳光。

由于害怕黑暗，她从窗边移开了。闪电离她越来越近。突然一声巨响，她的玻璃罩破碎了。玻璃碎片飞得到处都是。

玻璃罩破碎，生活的汁液溢满了整个地面。对主角重要的每样事物都被带走了，她被迫面对着生活的分叉路，必须做出选择，要么走出去主动面对自己的恐惧，要么留在原地成为一个消极的牺牲品。她遭遇了背叛——被生活、被她自己或是被一个坏人。这个阶段常被称为“突发事件”。

对于那些被情节和角色推动的故事，比如悬疑故事，要用好这些悬疑元素，来暗示主角内心的斗争。当她试图解开这个谜团，这个悬疑故事能够带她经历所有阶段。她的第二阶段很可能更像是一种醒悟，她意识到自己想从生活中得到更多，哪怕只是为了改变而做一点正确的事，比如破案。这个旅程会使她面对她的那些恶魔。

这个背叛如此彻底，以致主角无法忽视它。它直视着她，而她必须加以处理。她意识到人生跟她原先想象的不同，没有穿着闪亮盔甲的骑士来拯救她。

这个阶段定下赌注，给主角提供了改变生活的动机。她试图适应的这个系统并没有像她期待的那样，奖励她所付出的努力。她一直循规蹈矩地走每一步，可是还是失败了；她的世界坍塌了。

主角会问自己："这样的生活有什么意义？我为什么在这里？这一切究竟是为了什么？"这个阶段她可能会精神崩溃，或是沉溺于药物，试图重组她的人生。这个阶段给主角提供了动机，使整个故事进行下去。所以必须是强大的动力。她无法抹去或是轻易忘记这里发生的一切。

在这个阶段，主角之前选择的应对策略都土崩瓦解。它不再起作用，她的整个人生、她过去相信的一切都改变了。她的某个社会角色结束了（比如身为人母），她也无法让时间倒退来阻止这一切。

天真策略：这个女人受到了伤害或是虐待。一个亲密的朋友或者照顾她的家人去世了。一个巨大的危机使她的世界天翻地覆。她失去了她的工作、房子或是钱。

在《绿野仙踪》中，多萝西感到叔叔背叛了自己，当可恶的邻居想伤害她的小狗托托时，他没有出来保护它。她觉得自己很孤独。事实上，她没有父母，他们很早就去世了，留下她孤单一人。

灰姑娘策略：这个女人失去了男人的保护或支持。那个男人可能已经去世。

在《乱世佳人》中，男人们离开了郝思嘉去参加战斗、照顾伤员。她也遭遇了她最爱的阿什利的背叛，他跟另一个女人结婚了。

例外策略：当有晋升机会时，这个女人被忽视了，或被她的男性同伴们背叛，证明她不如一个男人或这些男同事。她无法真正融入男人的世界。她失去了一个很大的合同。她失去了婚姻，因为她无法兼顾事业和婚姻。如果她在教会中任职，她会失去对神的信仰，因为她发现自己无法成为一个牧师，这使得她开始质疑她的整个信仰。

在《上班女郎》中，泰丝·麦吉尔遭遇了男友的背叛，当她回到家里时，发现他跟另一个女人躺在床上。她还被凯瑟琳·帕克背叛，凯瑟琳在泰丝的工作报告上写了自己的名字，把她的功劳据为己有。

取悦他人的类型：这类女人发现自己被践踏了；人们利用她。有些人甚至仅仅把她看作一个母亲、秘书、助手之类。她觉得自己完全被轻视了。她甚至还因为留出时间生小孩而被处罚。

在《末路狂花》中，塞尔玛先是遭遇了一个刻薄又可恶的丈夫，后来又遇到一个试图强暴她的男人。她一直善良、礼貌，从未看到自己被卷入的危险。

失望的类型：这类女人被逼迫得太狠，通常是被一个当权者所逼迫。她感觉自己已经退到背靠墙壁，没有办法向任何一个方向移动，来躲开即将来临的攻击或是羞辱。

在《泰坦尼克号》中，萝丝先是被父亲背叛，因为他挥霍完家里的财产，然后死了，留下她们母女一文不名。接着她的母亲又背叛了她，强迫她嫁给一个她不爱的、有暴力倾向的男人。她一直按照别人的要求活着。当她的未婚夫殴打她的时候，她想要自杀。全世界都背叛了她；女人的身份也背叛了她，因为身为女人，她不能骑马，不能像她向往的那样探索世界。

当你的角色内心发出“我人生的意义到底是什么”这样的疑问时，她将会愿意接受改变，直面那些说她没有能力完成这个旅途的反派。我们将在下个阶段讨论这个话题。

在这个阶段要设定反面角色。你要确保你的反派——那个背叛者——有充足的理由做出那些事。

想一下《沉默的羔羊》中的反派汉尼拔·莱克特是多么令人难忘。他没有被简单地刻画成一个精神失常的人，他在有些时刻头脑非常清楚，并且展示出高度的专业水平，这使他甚至有些讨人喜欢。

反派从不认为自己是坏人或是错误的。他们做每一件事都有具体的理由，并且真心相信自己做的是对的，错的是其他人。

《泰坦尼克号》中，萝丝的未婚夫觉得自己真心爱着萝丝，她能嫁给自己真是三生有幸。他甚至送给她世界上最昂贵的项链来证明自己的爱。他觉得自己已经为了取悦她而做过头了。他觉得自己为她付出了那么多，她真是忘恩负义。

阶段 2 的例子

《伊南娜的冥界之旅》

伊南娜遭遇的背叛之一来自智慧之神。有一天，伊南娜拜访了他，“她带着初生牛犊的鲁莽，跟他吹嘘说自己会祝福他。他称她为年轻的女子，并让仆人把她当作跟自己同样尊贵的人来恭敬对待”。

在酒足饭饱之后，他高兴地把自己所有的珍宝都送给了她。她接受了他的礼物，开心地带着礼物离开了。当他清醒过来，意识到自己的珍宝都不见了时，勃然大怒。他派自己的仆人去伊南娜那里索回礼物。伊南娜听到这个消息之后，非常难过。“她觉得他是一个暴君，一个说话不算数的人，一个可怕的骗子。”

在抑郁和心碎的时候，她觉得连地上所有的狗都有家园，而她，虽贵为女王，却没有可以称为家的地方。天空之神恩利尔（Enlil）使她成为一个流浪者。“他让我，天国的女王，心中满是惶惶不安……狗跪在门槛前，而我——我连门槛都没有。”

她的兄弟也背叛了她，他侮辱她，想要窃取她的权力。

她被乌鲁克的畜牧之神杜牧茨（Dumuzi）追求，不过她说了好几次，她并不爱他，她更愿意嫁给一个农夫。她的母亲和兄弟则劝她选择杜牧茨。

《绿野仙踪》

像之前提过的，多萝西感到被叔叔背叛了，因为他在可恶的邻居试图害死小狗托托时没有去救它，她也感到被父母背叛了，因为他们早已离世，抛下了她。

《泰坦尼克号》

像之前所说的，萝丝被父亲背叛，因为他挥霍掉了家里的财产，接着她又被母亲背叛，因为母亲为了金钱安排了她的婚姻。

《觉醒》

埃德娜的丈夫成天在外面打台球。他从来都不大在意她。他回到家就开始烦躁。他会无缘无故地突然指责她对孩子们没有尽到母亲的责任。她的丈夫想要控制她的每一步，而社会期待她满足于母亲的角色，周围都是其他贤妻良母型的女人，她看起来跟周围的一切格格不入。

性别偏移：《美国丽人》

在工作上，莱斯特是一个习惯取悦他人的人。他分明讨厌自己的工作，不过却始终保持微笑，做事随大溜，以保住这份工作。他被叫到新老板的办公室，被告知他必须写下他对公司的价值，以便他们来决定是继续留他还是解雇他。他已经在那里工作了 14 年，现在竟然受到这样的对待，这让他异常愤怒。他感到自己无人需要、无人欣赏、毫无用处。那天晚上他回到家里后，我们看到他在家里也是这种感觉。他过着消极被动的生活；甚至从不自己开车。

女性旅程阶段 2 的创作技巧

● 在这些背叛发生之后，读者们应该会问："她现在该怎么办呢？"

● 为了构建这些背叛的悬念、可信度和戏剧性，问自己这些问题：

——你能否增加一个角色，比如一个家庭成员，来构建起悬念？

——你有没有把反面角色塑造得足够饱满，以使他的所作所为看起来可信？

——你能否通过改变故事的背景、时间，甚至主角的原型，使得整个故事更加戏剧化？

- 确保反面角色有足够的理由做那些伤害主角的事。
- 想一想你能否增加别的配角，来制造更多的冲突。
- 艾伯特·布鲁克斯（Albert Brooks）导演的喜剧通常会在这个阶段发挥得淋漓尽致。《迷失的美国人》（*Lost in America*）中，主角失去了晋升的机会，《母亲》（*Mother*）中，主角失去了妻子，《缪斯女神》（*The Muse*）中，主角失去了事业和创造力。

阶段 3：觉醒——为旅程做好准备

突然有人出现，提出帮助莎拉修复她的玻璃罩，但是要价很高。她在考虑时，看到一条弯曲的小路可以走出这堆碎片。她第一次呼吸到新鲜的空气，她意识到不值得用自己剩下的那点钱来修复玻璃罩。

她伸长脖子想要看到这条道路通往何处，但是看不到尽头。她决定冒险走走看。好几个人试图劝她放弃这个念头，跟她说沿路的玻璃碎片多么尖利。

看不出道路通往何处，莎拉就带上那些她觉得自己能用上的工具。当她跟周围的人道别的时候，她得到了一些支持。不管她有没有意识到，她还是有支持她的朋友的。

主角遭遇了背叛，或是终于对自己的生活有了一个残酷的认识。她现在该怎么做？绝望和无助使她变得抑郁、愤怒和痛苦。她可以选择消极的道路，然后：

- 责备他人。
- 责备自己。
- 做一个牺牲品，自问“为什么是我?”
- 投入工作，逃避现实。
- 决定自杀，像《泰坦尼克号》中的萝丝一样。

或者，她可以选择积极的道路，把这些背叛视为：

- 一个教训。
- 一个通往自由和改变的邀请。
- 一个追求她想要的事物的挑战。

一开始她可能用消极的方式对待背叛，或是为自己浪费的生命而愤怒，不过很快她就决定采取行动。

如果主角陷在消极的反应里，其他角色可以帮助她回到正轨，不过只有她自己决定行动，才能成为一个转折点，构建起主要目标，推动故事前进，永远地改变她的命运。她下决心正视自己想要的东西，更重要的是，她下决心拒绝那些她不想要的东西。

这个时候很多角色会突然冒出来告诉她，她不可能达成目标，她需要帮助，她疯了。或是她内心的一个声音在试图破坏她的行动。但是背叛使她遭受的痛苦会推动她战胜这些反对的声音。

如果她足够幸运，会有另一个角色帮助她前行，问她“你为什么要让他们这样对待你呢?”但是不要让别人帮她彻底扭转局面，因为那样她就不能自己开始旅程了。

她可能会：

- 放弃女超人的神话，拒绝同时照顾好家里和工作单位里的每个人。
- 对爱人说真话，不考虑后果。
- 要求得到她一直想要的加薪，或是要求做一个特别的项目。
- 设定新的界限。

- 开始新的事业或是离开原有的工作。
- 同意做证指控某个人。
- 决定找出凶手。
- 到处旅行来寻找自我。
- 在别人指望她沉默的时候提出问题。
- 决定为自己的信仰而斗争。
- 坚信她看到了她所看到的东西，即便那是一个飞碟或是一个鬼魂。（她的女性直觉不肯再受到压制。）

不管她做出什么决定，这个决定都将改变她的人生，把她推向一个具体的目标。这个阶段是某种逆转。主角的整个人生方向都将被她这个阶段的决定永远改变。

应对策略的失效

在这个阶段，她之前使用的那些在“完美世界”生存的应对策略都已经失去作用了。她抛弃了这些东西来彻底地步入自己所属的原型及其相关的特质。那些应对策略正是阻碍她看清背叛的东西。她步入自己的原型，用它的优点来帮助自己。

想一下《末路狂花》中的塞尔玛。她觉醒了，决定跟路易丝一起前行。她不再在意她的丈夫会怎么说，不在意行动的后果是什么。她看到了自由的曙光。

为旅程做好准备

这个阶段的另一部分是为旅程做好准备。

看不到道路通向何处，主角带上了她觉得可能有用的那些工具。在她跟周围的人道别的时候，不管她自己有没有意识到，她已经找到了几个盟友。在她心里有一个名单，里面的人可能会在她困难的时候帮助她。

就像小红帽带着她的篮子一样，主角也带着那些她觉得会用得上的工具。问题是她依然在寻找身外的东西来帮助自己。

她的准备工作可能包括：

- 跟人道别。
- 向别人询问她该怎么做。
- 带上武器——手枪、钱、乔装用品。
- 记录下自己遭受的不公对待，这是所有遭受性骚扰或是被跟踪的人必须做的。
- 带上她认为自己需要的一些衣服和物品，她可以用这些使自己看上去像《上班女郎》里面的女人们那么美丽或专业。

如果她是一个社会活动激进分子，她可能会收集工具，把自己绑在她想要拯救的一棵树上，或是做一些写着激进标语的牌子。如果她正在跟大公司做斗争，她可能会复印一些档案和数据。如果她是一个母亲，正打算从虐待她的丈夫身边逃走，她会在离开前带上她的孩子们、衣服和钱。

带着这些武器，主角更有安全感，但是小红帽的篮子是没法把她从大灰狼那里救出来的。真正能帮助她的是她自己的勇敢和聪明，只是她目前还不能真正相信自己的力量。

可能会有一个导师出现，但是他并没有主角所需的全部信息，因为在她的旅程里她需要更多地了解自己，找到自己的力量，而不是依赖他人。

所有的恶魔和暴君都会登上舞台：

- 自我怀疑开始爬上她的心头，她想“可能他们是对的，我做不到”。
- 有人告诉她，她不够聪明，准备不够充分，搜寻那些她用不到的信息只是在浪费时间。
- 男主角会出现以拯救她。男人们通常被告知，帮助和拯救女人是他们旅程的一部分，但是如果他们这么做，女人就没有机会开始她们自己的旅程了。

● 还有一类男人，作家艾德丽安·里奇[1]称他们为“会理解的男人”。这类男人装作理解她所经历的事情，却不肯帮助她。在她觉醒之前，他看上去像是对她抱有同情，而一旦事情变得困难时，他便抛弃了她。

● 规则发生了变化：

——突然间她的工作任务急剧增加，使她无法完成旅程；

——学校改变了政策，增加了获得学位的难度；

——卑鄙的骗子在她够不着的地方晃着金萝卜，对她说“继续呀，浪费你的时间去抓它”；

——汽车监理处决定把她的新地址透露给一个骚扰者。

● 她害怕伤害他人，这种心情可能会占上风。

● 她无法拒绝他人的请求，停下来帮助别人，而这会使她陷入麻烦。

● 她卷入了其他人的纠纷里。

阶段3的例子

《伊南娜的冥界之旅》

伊南娜意识到自己不能再因为别人的所作所为而哭泣，她要把主动权握在自己手中。她要到冥界去认识自己。“为了这次旅程，伊南娜收集了七个自我（文明的属性，相当于七个脉轮[2]；参见阶段4的七个问题）……她把它们变成美丽的女性饰物，比如王冠、珠宝和礼服，作为自己的装备。考虑到自己不一定能从冥界回来，伊南娜让她的朋友宁舒布尔来提醒她的前辈们，好让他们想起她。”

---

① 艾德丽安·里奇（Adrienne Rich，1929—2012），美国诗人、散文家和女权主义者。

② 印度瑜伽中，脉轮是人体能量的中心，位于身体的中轴线上，主要影响的是人的心理状态。位于身体底部的脉轮主要主导本能部分，身体顶端附近的脉轮则影响我们的思想部分。七个脉轮分别为海底轮、本我轮、脐轮、心轮、喉轮、眉心轮和顶轮。

《绿野仙踪》

多萝西醒过来，打开房门，看到了奥兹国的明亮国土。眼前的一切都是前所未见的。她要在没有家人陪伴的情况下独自踏上旅程。他们一直以来都对她过于保护了。

《泰坦尼克号》

萝丝的觉醒时刻是在她被母亲希望她嫁的那个未婚夫殴打以后，她看到旁边的餐桌旁坐着一个穿着白色百褶裙的小女孩，就像看到镜中的自己一样。这个小女孩被要求坐得笔直，拿餐巾的姿势要得体。这个女孩被剥夺了童年，而萝丝被剥夺了她的成年。

她意识到自己永远无法成为梦想中的快乐女人。萝丝改变了心意，决定去见杰克——那个她被禁止去见的下层阶级的艺术家。当她张开双臂站在船头，他在身后抱着她时，她告诉杰克自己信任他。她还做了他的模特，让他为自己画像。她犹如蝴蝶，破茧而出。

《觉醒》

埃德娜跟罗伯特一起去海洋里游泳，虽然这不是很合适的事。海浪拥抱着她的身体，她开始意识到在这个世界上有自己的一席之地。她信赖拉蒂格诺拉太太，在准备改变的时候把她当作自己的朋友，不过结果并不尽如人意。

雷兹小姐出现在她的生活里，扮演了一个导师的角色，她带来警告，如果埃德娜想要挑战习俗，她就要像自己一样忍受被他人孤立。

性别偏移：《美国丽人》

莱斯特偷听到他的女儿跟她的朋友在讨论他的事。他冲到车库，找到哑铃，脱掉衣服。他看着自己的身体，开始锻炼。他走出了改变生活的第一步。

女性旅程阶段 3 的创作技巧

- 创造几个不同类型的配角来打击主角的决定。被自己最亲近的人嘲笑往往是最伤人的。她尊敬的人是谁?

● 记住你要具体展示出主角的觉醒，而不是简单地说她觉醒了。让她主动地展示她做出的决定。当她已经是副总裁的时候，她的老板是不是还总是叫她倒咖啡？也许她这次把咖啡倒在他身上，走出了办公室。想一下奥兹国跟堪萨斯州比起来，是多么生动和独特。

● 在这个阶段主角抛开了她一贯的应对策略。

● 所有主要的配角在这个阶段应该都已经出现在读者面前了，不管主角有没有遇到他们。

第二幕

阶段 4：下降——穿过审判之门

> 莎拉站在玻璃罩外有点不自在，但是她注意到外面的空气要新鲜得多。她紧紧抓着自己的武器，站在地下世界的大门前。她正视了自己的恐惧，也拒绝了那些试图阻止她行动的骗子和暴君。
>
> 她迈入大门，走下楼梯，然后发现还有六扇门在等着她。现在想要回头已经来不及了。在接下来的每一扇门处，都有一个守门人会走出来拿走她的一样武器，直到她手无寸铁、孤零零地留在黑暗中。

现在主角已经做了一个改变人生的决定，她必须要面对随之而来的改变。在她前进的道路上，她还需要面对社会关于女人是软弱的、被动的、无力的等各种假定。

主角面临着某种让她恐惧的事物、某种实质性的威胁，不再是主角的自我怀疑那么简单。她也许想要原路返回。她试图用上她的武器——操纵、胁迫、她的性感、她迷茫的过去和伤痕——但是这一切都不管用。她一个一个穿过审判之门，每到一处，就要面对一种恐惧、失去一样武器。她原先以为可以拯救她的所有外在物件都被剥夺了。

记住，主角在这个阶段遭遇的一切只是她在第六阶段要面对的死亡的前兆。在这个阶段，《绿野仙踪》里的多萝西因为在家人需要自己的时候离开了家而内疚，但是在第六阶段，她要面对的内疚感更加强烈，因为她的离家几乎害死她的婶婶。在第六阶段，风险加大了。

在《伊南娜的冥界之旅》中，伊南娜穿过七扇门，在每一处都失去她的一件饰物或是女王身份的象征物。这七扇门就像是人体的七个脉轮，或是灵修道路上要驱除的七个魔鬼，或是彩虹的七种颜色。

这七个问题可以帮助你充实这个阶段主角落难的情节。所有的原型都可能在旅程中碰到这些问题。由你来决定她会碰到哪些问题，以及它们如何成为情节的一部分。

面对恐惧、生存和寻找安全与保障的问题：主角是否因为害怕被抛弃而抗拒亲密的关系？她是否害怕自己依赖他人？她是否过于苛求自己？她有能力养活自己么？她在逃避什么恐惧？

面对内疚、表达关于性的需求和其他情感、了解自己的欲望等问题：主角是否想要拒绝，却因为害怕别人的排斥而不敢说？她是否更喜欢离别人远一些？她是否因为不想让他人生气而在划清界限时左右为难？她是否放弃了一段恋情？她知道自己真正喜欢什么东西么？她对什么感到内疚呢？

面对羞愧、定义权力和意志、获得自己的身份等问题：主角是否对自己过分挑剔？她是一个完美主义者么？她是想要高于他人的权力还是跟别人共掌权力？她是否着意锻炼过自己的意志力？她是否想要控制一切？她对金钱的态度是什么？她有没有放纵自己？她对自我有认识么，还是正处于一种身份危机中？她为什么感到羞愧？其他人故意羞辱过她么？

面对悲伤、付出和接受爱、接纳自己等问题：主角是否觉得自己无法融入身边的圈子？她是否在社交场合感到坐立不安？她是否需要别人来告诉她什么是正确的做法？她在别人面前如何表现？她能否拥有一段长久的恋情而不中途放弃？她是否接受自己真实的样子？她因为什么而感到悲伤？

面对谎言、交流、表达自我等问题：她能说出自己的真实想法么？她是否害怕挺身而出？她是否行为叛逆、过于活跃？她是否相信别人对她做的一切负面的评价？她对自己说了怎样的谎言？别人对她撒了什么谎？她感到迷茫么？她是不是压制了自己的创造力？

面对幻想、看重直觉和想象力等问题：主角是否害怕看清自己和把各种人事看得太透彻？她是否拒绝接受事实？她缺乏想象力么？她无视自己的直觉么？她是否觉得自己值得拥有她的原型的正面品质？她相信什么样的幻想？

面对依恋、找寻自我意识等问题：主角思想开明么？她会盲目地照别人说的去做吗？她内心是否总有个消极的声音瓦解她获得成功和承担责任的能力？她是否任由生活教训她？她有没有从自己的过错中学到东西？她能否理解她身上发生的事情、看清她的行为带来的后果？她对自己的动机清楚吗？她是否过于依赖家庭或是工作，而无法认清自我？

主角最终必须放弃所有控制的想法，在下降的过程中交出自己和所有的武器。被剥夺了所有应对策略后，她必须正视她的恶魔。如果羞愧对她来说是一个问题，那么她就会感到羞愧，这样她才能正视这个问题并逐步解决它。如果生存是一个问题，那么她会失去所有来自他人的收入，这样她才能学会养活自己。

想一下《绿野仙踪》中的多萝西——家园和家人对她来说是最重要的，也是她生存的依靠。结果她发现自己孤身一人身处奥兹国，她的家园和家人都不见了。这个故事的整体情节是关于她如何找到回家的路的，而这个下降阶段则涉及她如何面对自己的恐惧，面对离开婶姊的内疚感，面对在森林里和奥兹国里遇到的种种幻象，以及她如何结交新朋友。

主角必须放弃反抗的道路，反抗是男性旅程的属性，他们抗拒事情的走向，相反，她需要接受，顺着事情发展的方向，泰然自若地接受发生的一切。头脑和勇气是她现在需要找到的——就像多萝西找到象征“头脑”的稻草人和象征“勇气”的狮子。等到后来上升的阶段，她还要学会拥有铁皮人代表的“心”，拥有同情心可以控制她的勇气和头脑。

她还必须学会信赖自己的直觉，直觉会告诉她不要相信某一个特定的人或是某个情形，不然她就会被拉上错误的道路，打开一些行不通的门。

她第一次面对面遇到恶人或是他的手下，侥幸逃生。她陷入困境，不相信自己还能多撑一刻。这不是她想要的结果。

她有点怀念过去，可能只是短暂的片刻，觉得过去的生活没有那么艰难。她甚至想要回到旧世界——那个安全的世界。所以旧世界必须要被刻画成一个糟糕的地方。当时的背叛（或者醒悟）一定要足够刻骨铭心，使她得以撑过这个阶段。她会渴望熟悉的环境里的舒适，靠她已有的东西凑合着过下去。她会想要停留下来，不再去找寻她真正想要的东西。

例子：

● 她辞掉了工作，她可能找不到一个新工作，她的身边已经堆满了各种各样的账单。她被从家里赶了出来。（关于生存。）

● 她的丈夫离开了她，她感到孤独和抑郁。当她新的感情进展不顺的时候，她丈夫可能想要重新回到她的身边。（关于排斥和孤独。）

● 她可能被迫面对一个用言语或肢体攻击过她的人。（关于权力。）

● 她可能为了救某个人或保护某样东西而忍受羞辱和伤害。(关于羞愧。)

● 她可能需要放弃她拥有的一切、她知道的一切来逃走。她可能要躲进一个新的城镇或乡村来隐藏自己。(关于依恋。)

● 她可能遇到一些独特的事情使她感到自己跟别人不同,也许是某种神秘或是超自然的经历。(关于幻觉和直觉。)

● 她可能已经知道凶手藏在哪里,可是仍然晚到一步,看着又一个受害者死去。她失败了,但是依然在寻找线索。(关于内疚。)

她就像小红帽,拿着一个在对抗大灰狼时毫无用处的篮子。只有头脑和勇气能给她力量安全到达外婆家。

这个阶段常在恐怖片中的女主角身上看到。主角遇到凶手,凶手尾随她,于是她开始了地狱之旅。想一下《月光光心慌慌》中的劳丽·斯楚德(洁美·李·寇蒂斯饰)。她手无寸铁,却必须要在严酷的考验中存活下来。

阶段 4 的例子

《伊南娜的冥界之旅》

伊南娜在下降的过程中,在七扇门的每一处都受到审问,被剥去衣衫,受到羞辱。每一件从身上脱下的衣物或者饰品都是原先穿戴在她的某一个脉轮位置上的。(参见之前提过的七个问题。)

她的七个自我(文明世界的特质)被剥夺了,她赤裸地站在黑暗女神厄里斯奇格(Ereshkigal)的面前。她所有旧的幻想、虚假的身份和她的辩护在冥界都毫无用处。她说她想通过看别人的葬礼来获得超越死亡的知识和权力。“但是进入冥界只给伊南娜带来一种可能性,即目击她自己的葬礼。”

《绿野仙踪》

多萝西得到一双红宝石鞋子来帮助她完成她的旅程。她冒险进入森林，沿路遇到几个帮助她的人。

他们碰到邪恶的西方女巫，她想要烧掉稻草人。多萝西对她说："我不想惹麻烦，我们已经走了好长的一段路。"女巫回答："这点路你就觉得长了？你的旅程才刚开始呢。"接着他们来到一个黑暗的森林里，里面都是令人毛骨悚然的野生动物。

《泰坦尼克号》

萝丝和杰克在船舱里奔跑，她的未婚夫的手下在追逐他们。他们一起躲了起来，二人在情网中陷得更深。后来杰克被关了起来，萝丝拒绝登上救生艇，她冒着生命危险去救杰克。

《觉醒》

雷兹小姐弹奏钢琴引发了埃德娜的痛苦情绪。她又去大海里游泳，她游得太远，感到了恐慌。她告诉丈夫，但是他说自己一直看着她。

她的内心发生了改变，她决定考验一下他们的婚姻。晚上当丈夫命令她进屋去时，她不肯，他就一直在屋外和她僵持着，直到她先进屋去。她试图砸坏自己的婚戒，她拒绝陪他出差、拒绝见来访者、拒绝维持他们正常的社交生活，她还决定把所有时间花在画画上。于是她的丈夫去问医生为什么她突然开始讲平等、权利之类的东西。

性别偏移：《美国丽人》

莱斯特·伯恩汉姆告诉他的妻子："这根本就不是一个婚姻，只要我什么都不说，你就高兴……现在我变了。"他开始慢跑、抽大麻，他的妻子试图阻止他。

莱斯特辞去了工作，并且要挟他的老板。他回到家里，在餐桌上大吼大叫，还把食物扔得到处都是。他买了一辆庞蒂克火鸟汽车，因为这是他一直想要的。他试图找寻自我。

女性旅程阶段 4 的创作技巧

- 记得加大她内心冲突和外部冲突的筹码。她的原型会借助哪些优点？她会依赖哪些缺点？
- 因为这个阶段是由内心冲突驱动的，找到五个方式来把角色的情感外在化。很多时候，当角色遭遇爱人的死亡时，她们会回到家里拼命擦洗橱柜，好像这样就可以清洗她们的人生和情感一样。所以思考一下把情感外在化的方式。
- 记住在这个阶段她的恐惧会被用来对付她。
- 想出几种需要她面对的恐惧，记住在第 6 阶段她需要面对她最大的恐惧。
- 这个阶段会以一个小高潮结束。

阶段 5：风暴之眼

> 莎拉倒在地下室的地板上。她倾听黑暗中有没有声音，不过周围一片寂静。她松了一口气，稍稍放松了自己的神经。她回想了片刻，意识到自己并没有踩到任何一块玻璃碎片。她安然无恙。
>
> 她看到远处有一丝亮光。她以为那里就是另一个世界，她的旅途已经结束了。突然传来一阵脚步声。

在正视她的恐惧并与一些反派遭遇之后，主角逐渐接受了发生的一切，而且觉得自己应对得很好。她有了一种虚假的安全感。她觉得这就是旅程的终点，心情开始放松。

但是，她没有那么容易就能脱身。她依然需要展开行动，主动去争取达成自己的目标；单单面对问题是不够的。在目前这个时候，她舔着自己的伤口，安慰自己，急切地想要回到家里，告诉每个人发生的一切。

她尝到了一点胜利的味道，尽管不真实，这味道在将来会继续鼓舞她去夺取胜利，因为她终于知道了胜利的感觉有多美好。在当下这个时刻，她感觉很安全。不过，读者会得到旅程并未结束的提示，尤其是这本书才看到一半！

例子：

- 她被告知，只要不去做证，她就是安全的。
- 她跟爱人在一起，感觉活了过来。
- 她终于做成了一件一直在尝试的事情，她可能觉得心满意足，不去寻求真正的目标了。
- 也许她的丈夫又回到家中，她感到有他在也不错，至少没那么孤单。
- 虐待她的人被逮捕了。
- 她被告知她终将得到晋升。
- 人们告诉她不要再担心，因为一切都结束了。
- 她被告知人们实际上是看重她的，她之前感受到的一切轻视只是她的幻想。

通常，这种虚假的安全感会以蒙太奇的手法来展现，幸福和充满希望的场景一幕幕浮现。

主角放松了片刻，可能还冒了个不该冒的险。反派在远处冷笑着看着这一切，盘算着，等待着。

其他配角想要带她回家。他们害怕她一旦打破陈规会影响到他们。如果她成功了，他们的世界也要跟着改变。“如果她真的离开这里，我们该怎么办?”他们思索着。“我们也就没有借口继续留在这个所谓的完美世界里了。”

她可能会遇到处境比她更糟的人。她会帮助这个人，并且以为自己待在这里是为了帮助其他人，她自己不需要去经受什么改变，但是她很快会明白唯一的出路是自己亲身经历痛苦。

阶段 5 的例子

《伊南娜的冥界之旅》

伊南娜遇到黑暗女神厄里斯奇格，目击了一场葬礼，并跟着黑暗女神一起哭泣。她觉得自己做得很好，因为厄里斯奇格欢迎她的到来，而且她是唯一一个亲眼见到厄里斯奇格还能活着的人。她感到安全。

《绿野仙踪》

多萝西走到了光明的境地，她穿过了有毒的罂粟花田，站在了奥兹国的大门前——她和她的伙伴们做到了！他们获准进入奥兹国，并且得到了皇家贵宾般的礼遇。

《泰坦尼克号》

萝丝上了一艘救生艇，以为杰克会坐上后面那艘。看起来好像他俩都能在这番严峻的考验中活下来，但是她有些疑虑。

《觉醒》

埃德娜的丈夫出差去了，把孩子们都送到了爷爷奶奶家。埃德娜现在一个人在家，安静而满足。她尝试结交新的朋友、做些新的事情。她在赌马中赢了钱，还遇到一个叫阿罗宾的人。

她决定自己搬到一个小房子里去住。她想要变得自给自足，不再从属于丈夫。

性别偏移：《美国丽人》

莱斯特人生里第一次感到愉快。他每天慢跑，状态良好。他有机会跟自己常幻想的那个年轻女孩偷欢，不过他克制了自己，拒绝了她。他好像变得振作了。

女性旅程阶段 5 的创作技巧

- 想出各种让她觉得安全的方式，让她获得那种虚假的安全感。

● 这个阶段最适合加入一些悬念。主角感到安全，可是读者不一定相信她是安全的。

● 用一些预兆来暗示一切很快会土崩瓦解。

● 反派在这个阶段看上去好像被打败了，但是给他留一条出路。

● 她跟伊南娜一样，以为自己去那里只是为了帮助另一个人渡过难关，还没有意识到唯一的出路是亲身经历痛苦，而到了那个时候，没有人站在她的身边握着她的手支持她。

阶段6：死亡——失去一切

> 莎拉听到脚步声越来越近。她手无寸铁。她退到一个角落里，缩成一团，一个巨大的身影走近了，嘲弄着她。
>
> 空气里弥漫着腐烂的味道，四周肮脏泥泞。她为什么要来这里呢？一切看起来那么让人绝望。“我放弃。我应付不了。”她侧躺着，闭上眼睛。她已经没有力量继续斗争了。

突然间，反派杀回来，一切都来了个大转变。她本以为磨难已经结束，她可以焕然一新地回去继续人生，可是现在麻烦又重新冒了出来。这个阶段是个逆转，以失去一切的黑暗时刻告终。反派占据上风——人们觉得一个倒下的女人自己应该爬不起来，这样子其他人才有机会去英雄救美。没有人支持她自立的想法。

反派这次没有再自大地笑。他感觉到被她的成就所威胁，决心摧毁她。他看出她内心的风暴已经帮了他一个忙。他要做的就是再推她一把，打击她，放大她的弱点。他会带给她一个新的背叛，或是想办法让她像一个受到排挤的人那样，感到自己的愚蠢。

● 她被抓住，受到羞辱；她被抛掷一旁，等死而已。一切都结束了。她的旅程失败了，她接受失败的事实。她茫然地徘徊着，对事态的变化深感困惑，想不通为什么一切都变糟了。她看不到在另一面等待她的礼物。

- 如果她的丈夫离开了她，这个阶段描绘的就是她看到他跟另一个女人在一起，同时自己还失去了别的一些东西——工作、房子、金钱。
- 如果她曾经遇袭，这个阶段描绘的就是她看到那个袭击者被释放。
- 如果她在晋升方面被忽略，这个阶段就是晋升机会给了别人的时刻。他们甚至在她的档案里捏造一些事来抹黑她，这样他们就可以顺理成章地炒掉她了。
- 她看着自己受到践踏和羞辱，她的所有资源都被切断了。
- 她再次遭到背叛。
- 她可能真的经历死亡。

第 4 阶段“下降”更多地展现了她内心的冲突和风暴。这个阶段则展现了外在的冲突、她跟反派的推动情节的斗争。小红帽之前在森林里遇到大灰狼，而现在她必须要面对的是，大灰狼吃掉了她的外婆，正在家里等着吃掉她。

这个阶段很适合再加进一个配角，让主角的处境变得更加艰难。

很多关于女主角的小说就停在了这个阶段，尤其是弗吉尼亚·伍尔芙和伊迪丝·华顿的小说。她们那个时代的主角试图挑战常规、反抗社会，但是完全得不到任何支持，以至于不可能成功地走出这个阶段。没有人帮助她或是支持她的想法。她要么选择死亡，要么被流放，要么回到原先的生活，总之都是殉道者，在杰奎琳·米恰德（Jacquelyn Mitchard）的小说《海洋深处》（*The Deep End of the Ocean*）中，女主角执迷于寻找失踪的儿子，进入了下降阶段。在死亡阶段，她在抑郁中昏昏睡去，放弃了生命中的一切。她迷失在“灵魂的暗夜”经历中。

阶段6的例子

《伊南娜的冥界之旅》

伊南娜站在黑暗女神厄里斯奇格面前。“冥界守门的全知的法官们觉察到伊南娜隐藏的心口不一的部分，并指控她。厄里斯奇格叫道：‘有罪！’伊南娜就被杀了。”她被吊在一个木桩上，等待腐烂。

《绿野仙踪》

巫师要求多萝西把女巫的扫帚带来给他，否则就不让她实现心愿。这对她来说是另一种背叛，也是故事的一大转折。在她寻找扫帚的路上，她被绑架了，并被邪恶的西方女巫判处死刑。

《泰坦尼克号》

萝丝跳出救生艇，朝杰克奔去。他们拥吻。他问她为什么要这样做，她回答：“你跳，我也跳，还记得么？”他是她唯一在乎的，她愿意不顾一切跟他在一起。有他在身边，她敢于面对死亡。电影接下来的部分都是关于他们困在垂死阶段，等着轮船沉没。

《觉醒》

埃德娜冲到朋友的家里帮她接生。她朋友经受的剧痛吓到了她。当她准备离开的时候，她的朋友告诉埃德娜自己已经知道了埃德娜跟阿罗宾的私情，并提醒她，她应该“想一想孩子们！”

埃德娜感到“她的孩子们会把她束缚在一个悲惨人生里”。当她回到自己的新住处时，她发现自己挚爱的罗伯特永远离开了她。因为一旦她为了他离开丈夫，他就要面对那些无可避免的嘲弄，而他无法承受这一切。

埃德娜赤裸地站在海滩上。世界上唯一支持她的是一个警告过她如果挑战常规就会被孤立的女子。埃德娜走进水里，游向了自己的死亡。

性别偏移：《美国丽人》

莱斯特坐着欣赏一张全家福，被另一个在寻找自我过程中受到惊吓的男人开枪打死。社会同样容不下挑战常规的男人。

女性旅程阶段 6 的创作技巧

发挥你的想象力，想一下你的角色在不同的情形里会有怎样的反应。用好角色原型。不要模式化。不是所有的女人在丈夫离开后都会陷入抑郁，有些人会出去寻找一夜情，有些会去买把枪，或是回学校读书。

看几集《宋飞正传》，看看里面的配角在故事开头的一些行为是怎样在故事的结尾破坏了主角的所有计划。这部电视剧在这方面的技巧真是出神入化！你能否想出一个配角，使这个阶段的形势更加严峻呢？

第三幕

阶段 7：支持

莎拉躺在潮湿寒冷的地上，她闭上眼睛，对周围无知无觉。她找不到出去的路。没有一丝光亮，她分不清东南西北。

黑暗中有个声音在呼唤她，她抬起头。远处，一根火柴照亮了一个上升的楼梯。那个楼梯一直在那里，只是她没有发现。她努力爬起来，朝光亮处走去。她想着：看来这里只有我一个人。

女性旅程包括个体跟集体之间的关系。主角经历了她自身的觉醒，愿意接受他人伸出的援手。她不再害怕背叛，因为她已经有了自己的力量，有了足够的自我了解，这些是别人夺不走的。她就像一个囚徒，在牢狱中找到了心灵上的自由。别人对她有什么企图，或是想从她这里夺走什么，都不重要了。

她接受别人原本的样子，相信女人之间可以相互帮助。她开始看到人与人之间的同一性。

很多养过孩子的女人都曾为找不到人帮忙带孩子而烦恼。现代社会里每个家庭都是个孤立的单元，能够叫邻居帮忙看下孩子的时代已经一去不复返。人多是种力量，主角也意识到待在群体中的好处，哪怕只是跟一个懂她的人在一起。

有些时候，比如在悬疑片和恐怖故事里，主角发现只剩下自己一个人，因为其他人都死了或是消失了。而在这个故事里，另一个角色已经准备好了工具，或是提供了她找寻出路需要的信息。她得到了别人的帮助。

在其他故事里，她可能是独自一人，但她从自己的信念中汲取了力量，或是听从一个"声音"的引导，就像圣女贞德那样。

男主角可能需要完全依靠自己完成任务，来向团队证明自己；女主角需要的是向自己证明自己，并把这种经验跟团体分享。她接受自己是个女人的事实，并且觉得这是一件好事。过去她总是想做一个男人，活在男人的世界里。现在她开始定义自己的世界。

主角接受别人的帮助，让他们推自己一把，而那个帮助她的人也能获益，借此开始自己的内心旅程。她的旅程影响和引导着其他人，所以她并不是在接受施舍，她是在树立一个榜样。很多时候，配角也有自己的问题需要解决，主角接受他们的帮助，让他们得以对过去的行为做出补偿。

阶段7的例子

《伊南娜的冥界之旅》

三天之后，伊南娜的朋友宁舒布尔在她的父辈们面前为伊南娜求情。他们都不愿帮助她，除了伊南娜的外公恩基（Enki）。他是唯一赞同伊南娜尝试冥界之旅的人。他派了两个雌雄同体的人来到冥界，向厄里斯奇格说情。她让伊南娜复活了，但是“没有人可以毫发无损地离开冥界，如果伊南娜想要回到阳间，她必须用别人来替换她”。

《绿野仙踪》

多萝西被邪恶的西方女巫抓住，等待她的是死亡。她的朋友们——稻草人、铁皮人和胆小的狮子都来救她，而他们也因此找到了各自需要的头脑、心和勇气。她有支持她、关心她的朋友。他们会不顾自己的安危来帮助她。

《泰坦尼克号》

萝丝身边有杰克，他是她的翻版（象征角色），一个有着积极和雄心勃勃的欲望的她。他鼓励她、引导她，但也承认“唯一能够拯救萝丝的人是萝丝自己”。他并没有代替她去做这些事，他只是给她提供改变所需的空间、知识和榜样。他对她的帮助贯穿整部影片，陪伴着她经历下降阶段和面对死亡。他要她承诺，她会活下来，完成所有那些他们说好要经历的事。

《觉醒》

没有人帮助埃德娜完成她的旅程。社会太强大，难以对抗，其他角色都不愿意牺牲自己来帮助她。她孤立无援，只能选择死亡或是回到旧有的生活方式和旧有的自己。如果她挑战常规，过自己想要的生活，她就会被社会孤立，她也不敢想象她的孩子们会因为她的行为受到怎样的波及。

性别偏移：《美国丽人》

莱斯特想要改变生活，改变那种认为真正的男人就应该好好表现、养家糊口和保护他人的观念，但是没有人支持他的决定。他想要寻找自我，不想回到原先那个安全但不快乐的世界。

女性旅程阶段 7 的创作技巧

- 你有没有曾经情绪低落，觉得自己是全世界唯一一个感到这种痛苦的人，后来才意识到成千上万的人跟你有着同样的遭遇？从自己的人生经历里汲取灵感。

- 确保帮助主角的人们在故事的开头已经出现过，这样他们不会显得凭空冒出来。他们应该是我们在第一幕已经听说过，或在第二幕接触过的人，这样他们再次出现的时候，读者能想起他们是谁。

- 主角依然要面对反派，不过她已经见识过各式各样的恶魔，已经变得更强，做好了充分的准备。

阶段8：重生——真相的时刻

莎拉重新经过这几扇门的时候，收回了她的所有工具。她走入光明中，身边的一切依旧，但在她看来已完全不同。

她积极主动地去追寻自己的目标。她不再是那个只会被动应对生活的充满恐惧的小女孩，而是一个能主动出击的强大女人。

主人公已经找到了她的力量和决心，并且充满热情地追寻自己的目标。现在没有什么能阻挡她了。暴君和食人魔在这个阶段再也吓不倒主人公了，它们只是被嘲笑的丑角。她看到了人生的全景，明白自己不可能再回到过去，也不想回去。

她掸去身上的灰尘，带着新的力量，无畏地直闯虎穴。她不再惧怕死亡，因为她意识到自己在原先的完美世界里虽生犹死。她在风暴之眼的阶段里尝到了胜利的滋味，感觉很棒。现在她要夺取更大的胜利。她无法想象自己在下降的阶段里居然曾经想过放弃。

主人公学会了划定界限、采取行动、倾听自己内心的声音。她找回了自我和武器，并且意识到恐惧来源于内心。她找到了勇气，学会了使用头脑，还赢得了自己的心。这三者的结合是达成目标不可或缺的条件。

拥有善心并不是说主人公不能杀戮，如果剧情需要，她也可以杀人。拥有善心意味着有觉悟，有相互关联的意识，对自己的行为负责任；行动时冷静得像个武士，而不是像个狂怒的野兽。拥有善心，她就拥有力量。她所做的一切不是出于恐惧，而是出于对力量和真相的认知。

她的目标触手可及。她必须迈出最后一步。“她会这么做么?”是读者思考的问题。有时候这个阶段和下降的阶段形成对照，那个时候她第一次直面反派。

她迈出了最后一步，证明自己已经脱胎换骨。她曾经软弱哭泣，现在却面带微笑；她曾经犹豫不决，现在却步履坚定；她曾经害羞胆怯，现在却大胆自信；她曾经麻木冷漠，现在却变得关心他人、思虑周全；她曾经是个脆弱的女人，现在却是一个坚定的斗士。现在的她跟过去完全相反。

阶段 8 的例子

《伊南娜的冥界之旅》

当伊南娜从冥界返回地面时，厄里斯奇格的两个魔鬼跟着她，要找一个替代品。伊南娜不肯让他们带走她的任何一个孩子。她看到自己的丈夫“坐在高高的王座上……他借着我的力量让自己更显赫……却不肯走下王座来帮助我”。她想让他也走一回自己的道路，于是把死亡之眼对准了他。魔鬼就把他带走了。

《绿野仙踪》

当邪恶的西方女巫试图杀死多萝西和她的朋友们时，多萝西端起一桶水泼在女巫身上，反过来杀死了她。她接着要求巫师满足她和朋友们的心愿，却发现巫师实际上只是一个矮小的老人，没有那么强大的力量。

她意识到自己一直拥有回家的力量。她需要的就是了解到这一点。当她回顾自己这一路走来的经历时，她才发现自己多么强大。

《泰坦尼克号》

杰克在萝丝下降的过程中一直支持着她，鼓励她踏出每一步。当形势变得艰难时他也没有离开她。他引导她经历这些严峻考验，让她屏住呼吸，穿上救生衣。他要她保证无论遇到什么情况，她都要生存下去，他甚至为她牺牲了自己的生命。他死后，她放开了他的手，游向了安全和自由。她有了振作起来的力量。

在救援船卡帕西亚上，她有最后一次机会回到原先的完美世界，现在杰克也不在了。不过她却藏起来，不让未婚夫看到自己，她换了身份，走向了一个新的世界。

《觉醒》

因为埃德娜在她的旅程中得不到任何帮助，她的旅程以悲剧告终。有人认为她选择自杀是因为那是她能获得自由的唯一方式，这样的结局是一个好结局。她坚持她的生命应由她自己来结束，她不相信社会摆在她面前的那些假象。

性别偏移：《美国丽人》

同样，莱斯特没能得到帮助，在上个阶段死去了。他的死亡向他展示了人生的价值，整个故事是由已故的莱斯特以倒叙的手法讲述的，他没有怨恨，相反，他找到了平静。

女性旅程阶段 8 的创作技巧

- 想出五种不同的方式来展示她的重生。确保它们都是具有积极意义的。再一次审视她的恐惧。
- 想一下有哪些东西可以象征出生和重生。你能想出一个物体来象征她的整个旅程么？把它加入背景设置中来渲染整个主题。
- 这个阶段明确后，你可能需要回到第一幕，加入更多关于她的旅程主题的元素。
- 你要在故事开端加入一些铺垫，使这个阶段的故事发展显得更为可信。

阶段 9：周而复始——回到完美世界

莎拉回到完美世界，她已经是一个彻底觉醒的人。她能清楚地看到她的朋友们都活在玻璃罩里，她迫切地想要帮助她们。

一个朋友站起来，她的头撞到了玻璃天花板上。她抬起头，看来这是她第一次撞到头。莎拉带着微笑向她走去。

主角回到家里，看自己到底走了多远。她达成了自己的目标，但是她回到完美世界后，能否保证自己不再被拉回到原来的角色上？

这个阶段是故事的一个小高潮，主角回到完美世界，看清了它本来的样子。其他人会被她的经历触动，甚至会不得不正视她们自己的恐惧。她曾经跟她们一样，而现在却过得更好。这是不是意味着她们也有可能改变呢？

通常，她觉醒之前最亲近的那个人最可能被她的改变所影响。

她可能会选择某个人来踏上新旅程，继续这个周而复始的过程，把她的经历跟他人分享。她是下一批旅行者的支持者。

许多女作家觉得她们的故事很分散，像一个圆圈，而不像一条直线。有人觉得女性旅程的故事原型完全没有一个结局。

女性故事是有结局的，女主角们达成了自己的目标，她们在自己的人生和性格方面确确实实做出了具体的改变，不过有时候在旅程的这个阶段可能会看到对未来生活的暗示——某种继续发展、构成循环的趋势。

男主人公通常“抱得美人归”，或是在故事的结局里得到某种外在的奖品，女主人公得到的往往是内在的东西——一种使她继续前进的精神力量。她个人达成了目标、改变了人生，并不意味着社会已经跟她一起改变了。世界上依然存在暴君、食人魔、种族主义者、性别歧视者，她只是有了更多的力量来面对这些障碍。

因为故事本身有个结局，让她完成了自己的旅程或任务，这给读者留下了一个希望，即女性可以有所成就、迈向成功。如果你想写一个没有结局的故事，可以考虑将这个阶段发展成循环叙事，让主角在上一个阶段成功地解决问题，哪怕成功是指放弃自己的目标。这里可以提一些道德层面的问题，不是所有次要情节都需要环环相扣。

阶段 9 的例子

《伊南娜的冥界之旅》

杜牧茨的妹妹恳求伊南娜帮助杜牧茨。她要分担哥哥在冥界的部分时间，一年中六个月代替他留在冥界，伊南娜答应了她的请求。杜牧茨的妹妹隐喻了伊南娜富有同情心的一面，伊南娜将会再次下降，去帮助旅程中的其他人。

《绿野仙踪》

在书中，多萝西回到了完美世界。她向婶婶跑去。很明显已经过去了一段时间，每个人都知道她去了另一个地方，这使得她的旅程很可信。她的叔叔造了一幢新房子，这象征着她经历的所有改变。她迫不及待想要告诉每个人发生在她身上的故事，他们也迫不及待想要听听。

在电影中，多萝西把她的故事告诉了所有人，但是没有人相信她。她说自己不应该离开家，她应该只待在后院里寻找自我，不应该出去冒险。她一回到完美世界，又处在它的掌控下。“哪里都没有家好，我永远不会再离开了。”她说。没有人相信她的故事或是关心她的旅程，也就没有人从她的经历中有所收获。

《泰坦尼克号》

电影的开篇就是这个阶段，年老的萝丝把她的经历告诉那些搜寻钻石的船员们。每个人都被她的故事深深吸引，他们用科学数据看待历史的观念彻底改变了。

电影尾声，她站在船尾，就像开头时泰坦尼克号上的完美世界。她拿着那串钻石项链，让它坠入海洋深处，我们看到她在这些年里完成的事——飞行、骑马、前往圣塔莫尼卡的码头。她的孙女听着她的故事，眼中满是泪水，她被听到的故事改变了。

《觉醒》

回归跟死亡阶段同时发生。埃德娜回到了格兰德岛屿——故事开始的地方，来结束她的生命。她静静站了一会儿，看着一只鸟儿拍打翅膀，落入海洋，想起她在故事开篇时听到的一个传说。

性别偏移：《美国丽人》

莱斯特死后，通过用第一人称讲述自己故事的方式回到了完美世界。他用不同的眼光看待一切、接受一切。

女性旅程阶段 9 的创作技巧

- 再一次回顾第一幕，并在这个阶段中设置一些呼应的元素来展示她的改变。她对完美世界的反应是否有所不同？
- 你能在世界中做一些改变，来作为她的改变的隐喻么？
- 她是作为一个全新的人留在这个旧世界里，还是会彻底离开这个旧世界？
- 会有人愿意倾听她的故事么？她们会对她的改变感到愤怒么？
- 她有回去的念头么？

25

构建男性旅程

在男性旅程中，主人公集合了盟友、准备好工具，向目标进发。他拒绝女性旅程的那种内心探索，选择直面死亡，要么承受了重生必需的改造而获得胜利，要么抗拒内心成长而走向失败。如果是成功的结尾，那么他将质疑权威以及自己在社会中的既定角色，找到真正的自我。在这个新的故事模型里，主角在第三幕会得到一个觉醒的机会，但是他不一定抓得住这个机会。这个过程有九个阶段，分为三幕，体现了经典的故事结构。

男性旅程的九个阶段如下：

第一幕：挑战

1. 完美世界

2. 朋友与敌人

3. 召唤

第二幕：障碍

4. 小成功

5. 邀请

6. 考验

第三幕：改造

7. 死亡——十字路口

8. 觉醒或叛逆

9. 成功或失败

第一幕

阶段 1：完美世界

一个叫约翰的男人抬头注视着珠穆朗玛峰。“我知道我可以爬上这座山，”他想着，“很多像我这样的人已经死在了这里，但是我会成功的。大家都在指望我了。”

几年来，约翰一直梦想着爬上这座山峰。他有力量、有耐心，身后还有整个世界为他加油。他拿出装备，开始爬山。

整个世界看上去好像充满了机会。主人公只需要决定自己想要什么。社会告诉他要成功，做一个真正的男人。他还没有问自己，成功对他来说究竟意味着什么，所以他暂时照着社会的要求来。

如果主人公一开始就自问：“这一切的意义何在?”并且马上采取行动来改变生活，像《美国丽人》里的主角那样，那么他踏上的是女性旅程。如果他不愿意反省自身，来直面自己内心的魔鬼，那么他就跳过了下降的阶段，只专注于外在的目标。他将会得到心仪的女孩，杀死坏人，拯救整个城镇，而非面对自己象征性的死亡和改造。

就像在第 23 章里讨论过的，推动男人成功的主要有三种社会期望：好好表现、养家糊口、保护弱小。这些社会期望不知不觉地推动着主角，也使他看不到人生的其他方面。他只能看到社会摆在他面前的这些目标，而不去追寻自己真正想要的东西。杰德·戴蒙（Jed Diamond）在他的《武士返乡：治愈男人，治愈星球》（*The Warrior's Journey Home*：*Healing Men*，*Healing the Planet*）这本书中说道：“我们男人内心没有一个产生共鸣的中心，只能从外界获取提示。我们最大的恐惧是如果我们失去或是放开那些外部的形式——房子、配偶、权力、地位——我们就会陷入一种可怕的空虚。”

三种社会期望：

表现：一个“真正的男人”应该关心事业成就，或者辛苦劳动来挣钱。这类男人相信事业成就等同于成功和男子气概。“如果我得到提拔、加薪或是得到合伙人身份，我就成功了，”他这么觉得，“我只要坚持住，像狗一样辛勤工作，就能成功。”他被要求成为团队中的一员，压制个人的真实愿望。放松和自在是不可以的；他必须奋力向前，不管工作对他的家庭和健康造成什么影响。

主人公可能做的是一份体力活，他同样会被视为一个努力工作的成功的男人。每天工作时间越长，就越好。

养家：一个“真正的男人”必须赚很多钱，能够养活家人，不管他的妻子是否在工作。这类男人认为只要有钱他就是成功的。如何挣到钱不是最要紧的事，要紧的是他有钱。他被社会告知，女人挣不挣钱没关系，但是他别无选择。

有时候这种挣钱养活一家老小的责任感会逼得一个男人做出疯狂的事情。这里并不是说女人不挣钱，没有相同的压力；社会要求男人承担这个角色。男人没有待在家里带小孩作为事业这个选择，如果家里得有一个人挣钱，那个人必须是他。

保护：一个“真正的男人”需要保护弱小，要能报仇雪恨，而且不轻易流露情感。这类男人遵循的是硬汉模式。他以保护弱小、做他人后盾为己任。妇女之友也可归为此类，他们觉得自己有义务把女人从糟糕的婚姻中解救出来，让她们看到更好的世界。他能否明白他这种对保护他人、做一个喜怒不形于色的硬汉的执念，剥夺了自己做一个自由人的机会？

在绝大多数的枪战片、西部片和功夫片里，我们除了看到主角发达的肌肉和深沉的眼神之外，看不到别的。我们永远无法了解他是怎样的一个人，除了复仇和责任，他还关心和在意什么。

新故事模型

在新故事模型中，我们看到第三幕有个改变，主人公可能偏离轨道，转到女性旅程，朝着自我发现、自我分析和成长的方向发展。比较优秀的动作片里会有这个阶段。

在《夺金三王》的第三幕，三个主人公发觉他们的情感占了上风，他们决定放弃黄金，去拯救那些他们逐渐了解的人。他们在万分艰险的情况下，没有使用枪支或是依靠强硬姿态来拯救那些人。

在《黑客帝国》的第三幕，尼奥最终被爱（情感）唤醒——就像睡美人一样——他不是依靠武器，而是靠着相信自己和“放手”而获胜的。实际上尼奥在第一幕就觉醒了，走上了女性旅程，不过他在第三幕里经历了第二次觉醒。

所以即使你的主角被设定为一个典型的硬汉，随着故事的发展一切依然可能改变，就算他没有走上女性旅程的内心改造，他的性格也可能产生较大变化。

阶段 1 也显示了他的支持体系。他可能：

- 看上去拥有一切。
- 周围有许多朋友。
- 被告知他是最棒的，得到各种奖励之类。（国王吉尔伽美什被称为“王中之王，气宇非凡……他走在前面，这个领袖……”通常这样捧高主角的开头设定是为了让他在故事结尾处摔得更惨。他的自我如此膨胀，使他不能放手权力，并会因此饱受折磨。）
- 有大好的事业前景，银行账户中有可观的财产。
- 是施工现场最有魅力的男人。（阿诺德·施瓦辛格、史泰龙、史蒂芬·席格都有满身肌肉，使他们最具男性魅力。还有武艺高强的成龙。）

这个阶段也暗示了他人生中缺失的部分——天性，即“潜伏在内心的狂野的人”，就像作家罗伯特·布莱①描述的一样。他和更大的整体没有联系，缺失了那种我们每个人都拥有的相互关联。他已经压制了他的情感，他看待世界的方式像一个科学家而非一个参与者。

很多战争片展示了那些冷血无情的人在斗争和杀戮后停下来看着四周废墟的场景。影片结束时，一个战士抱着一个孩子走向安全的地方之类的画面显示了这个角色性格变化的巨大。

他通常会遇到一个配角，那个人跟人生自然的、本能的、原始的一面有较多联系，而这些正是他所缺乏的。

阶段1的例子

《吉尔伽美什》

“第一块碑上，一个叙述者在颂扬吉尔伽美什的智慧，这位古老的国王留下了流传千古的成就。”吉尔伽美什的人生是宏大壮丽的。他受到人们的崇拜和敬畏。他的世界可谓完美，除了他想要证明自己的愿望。

《星球大战》

天行者卢克的人生也还不错。他叔叔迫使他留在农场上，他虽然不算开心，但是生活也不算太糟。他感到自己有责任帮忙挣钱养家，但是他想成为一名绝地武士。他迫切地想要“离开这个农场”。

《夺金三王》

海湾战争结束后，所有被迫卷入战争、为保卫国家而战的男人们正在庆祝，因为他们很快就可以回家了。阿奇（乔治·克鲁尼饰）在和一个记者温存。一切看起来都很顺利。

---

① 罗伯特·布莱（Robert Bly），美国作家、社会活动家，他最著名的《上帝之肋：一部男人的文化史》一度在《纽约时报》畅销书榜登榜达62周。而他的《身体周围的光》也获得1968年度诗歌领域美国国家图书奖。

《白鲸记》

以实玛利旅行到了一个小镇，他想看看外面的世界，扩大一下视野。他找到一个落脚的地方，上了一条船，不过书中暗示了他的冒险不会那么完美。这世界远非他想象得那么完美。

性别偏移：《特工狂花》

影片开场是一个小镇正在庆祝圣诞节。萨曼莎/查莉（吉娜·戴维斯饰）在游行队伍中扮演圣诞老人。她家里举行了一个派对，她所有的朋友都在她身边，生活看起来很完美，除了她患有健忘症这件事。

男性旅程阶段 1 的创作技巧

- 考虑一下他感受到的压力，这些压力使得他这些年都在拼命工作。
- 这个阶段利用他在意的东西使他一直戴着眼罩，一心向前，无视周围的一切。
- 想出五个不同的方式来展示他的眼罩。
- 记住这个阶段你要把主人公介绍给读者，并且设定故事的主题。
- 跟女性旅程一样，有必要想一想在开场之前主角身上发生了什么事，来使故事增加一点色彩，或者更多地展示主角的性格。

阶段 2：朋友与敌人

约翰在爬山。空气变得越来越稀薄寒冷。他的手指在手套里冻僵了。他感到肩上的背包越来越沉。他想要停下来过夜，打乱原先的日程安排。

他看到远处有营地的灯光。还有人跟他一起在这里，他感到安慰。

在这个阶段，一个朋友或是一个敌人登场，迫使主角向前，引导他接受即将到来的召唤。这个角色可能：

- 带来了主角一直在等待的消息。
- 带有主角一直想要找到的某个信息。
- 救了主角的性命。
- 被视为主角的竞争者。
- 帮助主角见到另一个人。
- 给主角他后来会用到的工具。
- 给主角打气，给他信心。
- 把一切都搞砸了，迫使主角换一个新的方向。

有时候主角需要其他人的帮助来达成目标。有多少人能够独自打劫银行，或是一边开车一边射击？故事结尾他可能是一个人，但是目前他召集了一个团队来踏上旅程。

这个阶段可以跟阶段3互换，这取决于你要写的故事类型。如果主角需要别人的帮助来找到他的方向，那么这些角色都会出现来帮助他。如果主角已经有目标，正应召唤而行，他会在之后邀请这些角色来助他一臂之力。

当主角跟这些角色互动的时候，他看上去闪闪发光。这些角色能通过激怒主角让他做出反应来展现他的性格原型，或者，他们使他非常放松，因此他会对他们吐露秘密。如果身边没有一个逼疯他的睿智搭档，这个孤僻的警察会怎样呢？

阶段2的例子

《吉尔伽美什》

恩奇都（Enkidu）这个原始的野人，来到乌尔克跟吉尔伽美什搏斗，因为后者严厉地对待自己的子民。恩奇都败给吉尔伽美什之后，承认吉尔伽美什的“力量是最强大的”，然后他们成为至交好友。

《星球大战》

天行者卢克遇到了C-3PO、R2-D2、欧比王·肯诺比、韩·索罗和丘百卡。虽然最后是他独自拯救世界，但现在他是这个团队的一员，得到了他们的帮助和教导。

《夺金三王》

阿奇听说有人已经找到了藏宝图，他想从他们那里夺走地图，但是意识到他们很容易告发他，那么谁也拿不到金子。他知道他不可能独自完成寻金之旅，所以大家决定联手。

《白鲸记》

以实玛利遇到了魁魁格，他俩都上了亚哈船长的皮廓德船，签约做鱼叉手。他们跟其他船员结交朋友，成为其中的一员。

性别偏移：《特工狂花》

萨曼莎/查莉身边有很多人。她有一个女儿、一个同居的男朋友，她还有一份教书的工作，但是生活中依然缺失了某种东西。她记不起自己是谁。有一天她醒来后发现自己躺在沙滩上。

调查员米奇·亨尼西（森姆·L·积逊饰）是唯一一个在调查这个失踪人口案件的人。他成为她的搭档，两人共同努力想要找出她之前是什么人。

男性旅程阶段2的创作技巧

- 想出五种不同的方式来介绍配角。
- 在配角方面要有所创新。改变他们的年龄、性别和背景，直到你找到最适合这个故事的配置。确保他们能够对故事有所贡献，不管是幽默感还是专业知识。
- 你可以在这个阶段暗示某个内在的问题。使用他这个原型的一些缺点——诸如贪婪、嫉妒之类，但是这个主角不会马上改变或是下降，要到故事结尾才会有所改变。

阶段3：召唤

约翰坚持走到营地，结交了些新朋友，他们好像有着相同的目标。他跟他们在一起感到很自在。

第二天一早，他叫醒大家，开始继续爬山，决心第一个到达山顶。

主角或是从某个反派那里听到了召唤，或是听到了自我的召唤，而出发去寻找他的目标。这个时候他还没有接触到自己的内心，还不知道什么对他是真正重要的，以及他真正想要的是什么。

召唤可能以几种形式出现：

一个挑战：反派可能会来调查他，想要弄清主角是一个怎么样的人。他会扔给主角一块骨头，看他会不会去啃。这会把主角引出来，把他的实力和弱点暴露在反派面前。主角想要赢的欲望和想要成功的动力会驱使着他；他无法拒绝眼前的任务。

一个意外：主角一直在等待一个机会去追逐自己的目标，但是从没指望召唤会真的到来；机会好像就刚刚好落在他怀中。或者，反派很吃惊，因为他之前不知道主角的存在。这提高了这场游戏的赌注，尤其是当主角非常老练或是聪明的时候。

来自主角的欲望或是自我召唤：主角创造了他自己的召唤："我需要那些……"或是"我想要这个……"或是"我是唯一一个能够做这件事的人……"他可能感受到压力要去履行他的职责，去为他人排忧解难，又或是他以自我为中心，只想帮助自己。

干扰物：主角困在了错误的想法、道路或是目标上。某个配角把事情搞砸了，把他引上歧途，又或是整个情节都基于另一个角色灌输给主角的某个错误理念。很多喜剧都是这样开头的。

一个命令：回应这个召唤是主角的工作。如果他不马上行动、接受召唤的话，他就会失去他的工作甚至他的身份。

不管是哪种形式，主角此时都被要求或是被迫采取行动。召唤有以下几种作用——

铺垫：他完成的一个小目标跟故事的主要目标有相似之处，比如一个男人现在在跑马拉松，后来他会跑很多路去救一个孩子。

唤醒主角：主角面临着达成目标的第一个障碍。他之前觉得事情蛮容易的，对目标或是反派都没有过多关心，直到他遭遇第一个棘手的障碍。在动作片中，主角在开头遇到了反派，但是令他沮丧的是，反派逃脱了，尽管后来会再度出现。

情节转折：主角不知道发生了什么事情。他以为一切都是好好的，但是他周围的整个世界好像突然改变了。他不再清楚谁是好人谁是坏人。就像《秃鹰72小时》（*Three Days of the Condor*）中的乔·特纳（罗伯特·雷德福饰），他出去喝了杯咖啡，回到办公室的时候发现大家都死了。

在这个阶段，主角关心的东西可能会因反派或是他自己独自追寻目标的决定而陷入危险之中。

配角们可能跳出来嘲笑他、愚弄他，告诉他他是错误的、失败的，说他不可能完成他正着手要做的事。

阶段3的例子

《吉尔伽美什》

吉尔伽美什的召唤来自自身。他被每个人大加赞美，感觉自己天下无敌，有时又觉得有点无聊。他决定和恩奇都一起去雪松林，砍下那棵神圣的雪松，杀死它的守护者，以此扬名天下。

《星球大战》

天行者卢克先是从莉亚公主留下的信息里得到了召唤。他去见欧比王·肯诺比，他告诉卢克“你必须要学会使用原力，才能跟我在一起”。卢克依然不愿意离开家，但是当他返回家园时，却发现他的家园已经被帝国的军队摧毁了。

《夺金三王》

金子召唤着影片中所有的人。对金钱的欲望、使未来有保障的想法驱使着他们。召唤一出现，所有人都组队去达成目标。

《白鲸记》

亚哈船长第一次从住处走出来。他告诉大家白鲸莫比-迪克的故事，以及他为什么非要杀死白鲸。他说船上的所有人都要跟他一起对付白鲸。他会奖给第一个发现白鲸的人一块金币。所有人都很振奋。

性别偏移：《特工狂花》

一群唱圣诗的人出现在萨曼莎/查莉的家门前。她打开门的时候，一个举着枪的男人走出人群，试图杀死她和家人。她跟这个男人搏斗，并且杀死了他。她不知道自己从哪学的本领，那么熟练地杀死了那个人。她想要弄明白为什么有人要杀她，同时，她也必须离开，以保护她的家人。

男性旅程阶段3的创作技巧

- 他关心的东西在这个阶段陷入危险。
- 主角被他自己的欲望驱使或是被反派逼迫，开始采取行动。
- 记住展示出召唤，而不是仅仅提及。什么样的视觉形象能够代表故事最终的目标？主角需要学会什么才能够最终达到目标，这些在这个阶段要如何展现？
- 此时有配角嘲笑他或是试图阻止他么？还是他们全部都支持他？

第二幕

阶段 4：小成功

约翰努力地爬山。在他前面的那个人摔倒了，约翰成了第一个。没有多想摔倒的朋友，约翰一口气爬到山顶，比别人早了几个小时。

他坐在那里，为自己的成绩而高兴。他看向前方，发现他还要走很多路才能到下一个峰顶，不过他现在信心十足、情绪高昂。

在这个阶段，主角开始尝到了一点成功的滋味，这给了他勇气，使他想要达成更大的目标。他已经回应召唤，开始了旅程。他遇到了第一个大障碍，并且跨了过去。

注意这个成功对他身边的配角们有什么影响。他们为他感到高兴还是嫉妒他？这是否意味着他要把他们留在身后一段时间，独自面对大的挑战？他们为他担心么？他们试图让他感到内疚么，还是嘲笑他、剥夺他成功的快乐？

他刚出发时可能就收到过警告，但是他忽视了它们，目前来说也照样成功了。他感到自己很强大，一个人就足够了，不需要其他人的帮助。他的自我开始膨胀，他偏离了中心和正确的自我认识。失败会让他重新审视一切；它会教给他谦卑。

如果他跟自然更为协调一致，并且被迫去保护他人，他可能一方面非常谦逊、脚踏实地，另一方面又非常自信，就像《最后的莫希干人》（*The Last of the Mohicans*）中的主角们一样。他们知道自己能够克服任何困难，并且愿意为守护自己珍视的东西而冒险。

纳撒尼尔（丹尼尔·戴·刘易斯饰）成功地救出了科拉·芒罗（麦德琳·史道威饰）和她的妹妹爱丽丝（乔迪·马克斯饰）。他为自己和父亲、兄弟一起做成的事情感到高兴。这让他确认了自我和自身拥有的能力。然后他来到朋友家，看到一家子的妇女幼儿都被杀死了。他没能拯救他们，这件事既激怒了他，也使他懂得了谦卑。

主角想要更多的成功：

- 他知道自己可以做到更多。
- 他不想坐下来审视事情；他想要动身，着手去做。
- 他想要得到那个奖赏。
- 他想要做到别人都做不到的事情。
- 他想要因为自己的所作所为而“不朽”。

这个时候他还没有遭遇很大的恐惧。他或许已经碰到了一个艰难的任务或是一个强大的对手，但这只是对他将来要碰到的困难的暗示。有时候他的成功体现在他学的某项新技能上，他之前可能从没想到自己有一天能学会这个。

在喜剧中，主角可能觉得这件事是个成功，而他身边的其他人都不这么认为。他们觉得他疯了，但他只看到自己想看的。这一切取决于主角的参照物。一个垂头丧气、从未有过约会的男人，看到女人的微笑就觉得是“爱”了。《阿呆与阿瓜》中的劳埃德（金·凯瑞饰）就是这样。

阶段4的例子

《吉尔伽美什》

吉尔伽美什和恩奇都一起杀死了守护者，砍下了神圣的雪松，得到了永恒的名声。吉尔伽美什非常自得，决定去挑战更为艰难的任务。

《星球大战》

卢克开始学习原力，进步迅速。他非常尊敬欧比王，欧比王就像他从来没有见过的父亲。在他的帮助下，卢克成功地救出了莉亚公主。

《夺金三王》

几个主角来到了一个小村庄。他们遇到萨达姆的几个士兵，带他们发现了金子。他们装了满车的金条。

《白鲸记》

在海上很多天后，他们遇到其他的船只，每艘船的船长都说起白鲸的故事。亚哈船长喜不自禁。他要他们告诉他最近一次见到白鲸莫比-迪克的准确地点。他知道自己选对了方向，没有什么可以阻止他对白鲸的搜寻。

性别偏移：《特工狂花》

他们领先一步，跟一个人约好在火车站见面。他们在那里中了埋伏，萨曼莎/查莉靠她的机智和力量救出了自己和米奇。她了解到自己是为政府效力的一个杀手。

男性旅程阶段 4 的创作技巧

- 在这个阶段，主角尝到了成功的滋味，但是还没有遇到真正让他害怕的事情。
- 他的原型会借助什么优势？他会面对什么恐惧？
- 其他角色如何看待他的成功？他们是嫉妒他还是支持他？
- 他是否因为这次成功而变得更加自信甚至自大？

阶段 5：邀请

约翰站在那里，抬头仰视山峰。他的手指又开始冻得发疼。他看着最后一群人爬上山来，到达他站的地方。他开始问自己为什么要选择爬山。

一个人走过来。约翰的妻子打电话给他，她想知道他这么做的理由。他无法回答她。他只知道自己需要好好表现，他想要成功。

她的问题只让他感到恼火。他不想面对自己的情绪或是质疑自己的选择。她提醒他，他的梦想是在温暖的阳光下跟海豚一起游泳。

这个阶段很独特，因为主角被邀请踏上女性旅程。他看到自己的缺点，而且被问及他现在的目标是不是他真实的目标。他得到一个放下外在目标去经历一次内心改造的机会。

在《最后的莫希干人》中，当纳撒尼尔把爱情放在他个人的安危之上时，他已经部分地接受了女性旅程的邀请。其他人离开要塞的时候，他留了下来，明知道自己可能会因叛乱罪而被处死。他不能离开科拉。他选择面对死亡，为爱情而冒险，为了他跟另一个人的情感而非为他个人的利益。这个行为的意义不仅仅是保护她，更重要的是使他跟自己的真实情感有了联系。

大多数主角会避开这些意图，继续他们的征程，不过女性旅程的邀请一直都在。这样的下降对主角来说并非那么有吸引力。直面自己和自己的情感对他来说有点强人所难，尽管他在行动上和理性层面上能做到这些。他还没有完全觉醒。他不会放下他的防御。

- 一个角色可能请求他不要参与他即将面对的暴力行动。
- 他可能被问及他真正想从生活中得到什么。
- 朋友们可能会想要他放弃。
- 恋人可能会因为他的冷漠而离开。
- 他可能遭遇背叛，但选择忽视这一点，好像这是无关紧要的事情，他也可能会寻求报复。

这个阶段为他最后的改造或是叛逆打下了基础。他有多固执？他的内心有多封闭？要怎样才能打开那颗心？

为旅程做好准备

这个阶段的另一部分是为旅程做准备。既然他选择了外在的旅程，他需要面对许多考验、克服许多障碍。他不情愿地遭遇它们，希望自己可以征服它们。他带上他觉得用得着的工具——枪支、金钱、用来乔装打扮的衣物和专业知识。对他来说，这些工具意味着生存和胜利。现在没有什么可以阻挡他了。

带着这些武器，主角感到很有信心，但是他看不到远处的情形；对自己能力的信念使他继续向前。最后能使他成功的是他的勇气和成长的意愿，不过他暂时还没有意识到这些。

一位导师或是智者可能会出现，他带着主角需要的全部信息。但是主角必须找到自己应对的方式，要涉险的那个人是他，他不能完全依照别人的做法。

在他心里，他有一串名单，他觉得自己需要帮助的时候可以找他们。有些角色是他信任的。他可能会跟一个好友分享这次旅程的感受。如果无人见证，成功又有何快乐可言呢?

另一方面，他可能被迫要跟别的角色合作，这在警匪片中很常见。孤僻的警察想要一个人工作，但是他的上司非要他带上一个搭档。

阶段 5 的例子

《吉尔伽美什》

吉尔伽美什遇到从冥界回来后的女神伊南娜。她向他求婚，请他和自己在一起——这是一个要他跟她一样经历下降过程的隐喻。他拒绝了她，两人成为敌人。她派天上的神牛来杀他——毕竟，是他先进入了她的地盘，砍伐了她的树。他拒绝了她，同时也拒绝了下降到完整的自己的邀请。他不想改变自己前行的方式。相反，他带上特殊的武器，踏上了新的旅程。

《星球大战》

莉亚公主让卢克看到了一个女人可以变得多么能干和坚强，她帮助他们通过垃圾滑槽逃了出去。当他第一次遇到她的时候，他吓了一跳，他在原来的星球上没有见过多少女人。在他眼里，她是真正的女人。她给他力量，告诉他方法，就像她自己之前都经历过一般。

《夺金三王》

阿奇允许难民跳上了卡车的车斗。他被迫跟萨达姆的士兵展开了枪战，他不能听任那些难民死掉。他目前还没有那么在乎这些人的死活，更多的是为自己的骄傲而战。他自己的生命并没有处于危险之中，金子也还安全，所以他愿意帮助这些人逃走，同时让萨达姆的士兵见识一下谁更厉害。除此之外，他并没有多么想帮助那些人。

他的卡车被炸了，一群反叛者帮助他和难民们逃离。他们后来向阿奇求助，不过他不愿意再为他们冒险了。

《白鲸记》

有好几次，别人让亚哈船长放弃他的搜寻，审视一下他自己的动机，但是他不肯停下来想一想自己在做什么。他不想看清自己是怎样一个人。他不想面对自己的盛怒；他只想盲目地释放怒火。

后来，他遇到“雷切尔”号轮船。那个船长恳求亚哈帮助他寻找他失踪的小船，里面有他的儿子。亚哈拒绝了，这违背了船长之间的行为准则。他拒绝帮助别人。

性别偏移：《特工狂花》

查莉重新找回了她的杀手身份，不肯面对之前的自己（萨曼莎）。她换了头发的颜色和妆容，洗了个热水澡。她想把旧的身份冲洗掉。

她试图引诱米奇，不过他拒绝了，因为他知道她这样做只是为了埋葬萨曼莎这个教师的身份。他知道她想要忘掉她家里的小女孩。他想让她正视自己，但是她还没有做好心理准备。

男性旅程阶段5的创作技巧

主角被邀请走上女性旅程，不过他拒绝了。请想出不同的方式来展现他的拒绝。出现在他生命中的这个女人是不是他自己女性一面的隐喻呢？他是如何对待她的？

这个阶段最适合暗示他最终是否会接受改造而成长，还是做个叛逆者。

反派能促使他朝外在的目标努力，去拯救他在乎的东西。

阶段 6：考验

约翰继续爬山。风吹得更猛了。他不能呼吸。月亮躲在云层后面，黑暗包围了他。另一个人超过了他，摔倒在他要经过的路上。约翰继续前行，想找一个地方停下来歇息。他绊倒在摔倒的人身上，撞到了头，还丢了水壶。

这个阶段，主角遇到更多的阻碍。他可能一直觉得自己可以轻松地克服所有困难，反派也很容易打败，但是这回他错了。不管他在这个阶段多么成功，他都将在下个阶段遭遇他最大的恐惧。

通过面对恐惧和克服困难，他又尝到了一些成功的滋味，这些会鼓舞他，让他一直朝着目标前进。如果你想要你的主角在下一幕有所改变，那么在这个阶段你就要逐渐改变他的想法。给他足够的理由改变。把他推往改变。

想一下《夺金三王》中的主角。他不是仅仅因为看到妇女和儿童为争夺牛奶而大打出手就彻底改变了自己的人生观。他还看到士兵们在偷窃百姓仅有的一点食物。他看到士兵们折磨一个无罪的人、杀死了一个无辜的母亲，还伤害了一个孩子。这些都只是他改变的开始。

阻碍可能是：

- 他要面对的内心斗争和道德问题，比如杀死一个人来拯救更多的人、为了救某个人而让反派逃脱，他需要面对他的自我怀疑或是战胜自己的骄傲。
- 让他筋疲力尽的外部斗争——跟时间赛跑、身体上的折磨。
- 反派跟他玩的心理游戏。他可能需要面对自己的恐惧。

- 一个配角出现，把一切都搞砸。
- 出现一些干扰物，把他引上了错误的道路。
- 一个试图颠覆他知晓的所有规则的反派。
- 一个新的反派。
- 他最在乎的东西陷入危险。

他所属原型的力量和弱点都在这里得到了考验。

觉醒与成长

如果他要走上觉醒和改变的道路，这个阶段就是他的防御开始瓦解的时候。他感到他的世界就要崩塌了。他开始怀疑自己究竟是怎样的人。

如果他是一个依靠头脑的人，现在他受到了体力上的考验。如果他一贯无法面对情感，现在他就被丢进了一个情感冲突的处境。如果他很贪婪，现在他就被要求做出牺牲。想一下《圣诞颂歌》中的埃比尼泽·斯克鲁奇，他是如此贪婪和思想闭塞，他需要目击自己和别人人生的过去、现在和未来，才能改变。

再想一下《绝地战警》（*Bad Boys*）中的马丁·劳伦斯。他不得不跟自己的搭档交换身份。他看到自己的搭档跟自己妻子在一起的时间比自己过去还多，几乎要发疯了。他开始为自己错过跟家人共度的时光而痛苦。

想一下《致命武器》中的刑警马丁·里格斯（梅尔·吉布森饰）是如何克制自己失去妻子的痛苦的。他竭尽全力保持着镇定。

叛逆与停滞

如果他要走上叛逆这条路，那么这个阶段就是他加强防御的时候。他可能会变得更加暴躁、喜怒无常。想象一下兰博①。好几个角色试图跟他讲道理、改变他的想法，但是没人能说动他。他进入了自

① 兰博（Rambo），电影《第一滴血》（*First Blood*）的主角。

动驾驶状态，一心只想完成任务。他就像《白鲸记》里的亚哈船长，被愤怒蒙蔽了双眼。

在叛逆的时刻，即便是一个好的主角也会变得易怒，冒一些不该冒的险，不惜一切去达到目的。想一下功夫片里主角因为不肯临阵退缩、不愿在一群围观者面前丢脸而把自己置于危险之中。很多时候，片中都会有一个大师不接受挑衅，坦然离开比武场，因为他对自己的身手很确信。他想要把这点教给他急切的弟子，弟子却往往因为师傅退却而心生轻视。

警告与预言

叛逆的主角通常会得到一些针对他所作所为的警告，或是一些预言，为他后面即将来临的厄运埋下伏笔。

在《吉尔伽美什》中，主角做了一些吓人的、不祥的梦。在《白鲸记》中，费达拉几次预言了死亡。

阶段 6 的例子

《吉尔伽美什》

吉尔伽美什拒绝走上女性旅程，于是伊南娜派神牛去对付他。他杀死了神牛，但是因为他之前还砍下了神圣的雪松、杀死了守护者，因此已经得罪了诸神。他们下令，必须有人以死赎罪，而这个人必须是恩奇都。吉尔伽美什太骄傲，不肯让伊南娜告诉他该怎么做。他毫不留情地嘲笑伊南娜，因为他是国王，他可以为所欲为。他是自己最大的敌人。

《星球大战》

他们先从牢房中救出莉亚公主，帝国的士兵在后面追赶。他们发现自己困在一个运行的垃圾处理机里。他们边战斗边赶往自己的飞船，卢克看到了欧比王跟黑武士达斯·维德的战斗。

《夺金三王》

阿奇发现他的同伴特洛伊（马克·沃尔伯格饰）被抓去做了人质。他需要反叛者们帮他救出特洛伊。他们达成交易——阿奇送他们到边界，他们帮阿奇搬金子、救特洛伊。一路上阿奇听着他们讲自己的故事。他有点被他们的经历打动，觉得自己只想着金子有些自私。他不知道自己能做什么好事，但是他开始质疑自己原先的想法。他们出发了，去救特洛伊的路上还有好多阻碍等着他们。

《白鲸记》

亚哈船长必须要保证上下一心。他努力保住他对全船的掌控，提防有些人想要暴动。他必须引导船只穿越冰原，还要应对来自其他船长和费达拉的警告。费达拉是船上一个能够预言未来的人。不过亚哈不会改变心意，他听不进任何人的劝说。

性别偏移：《特工狂花》

查莉在小巷枪杀了几个想要袭击她的男人，她了解到政府想要除掉她。她决定离开小镇，但是她需要钱和护照，这些她都锁在一个保险柜里。钥匙在她女儿那里，所以她需要回家一趟去拿。

男性旅程阶段 6 的创作技巧

● 展开你的想象，来创造给他的考验。他有没有什么爱好是你可以用上的？

比如，在《特工狂花》中，萨曼莎/查莉会滑冰，电影的一个场景中用到了这个技能。她穿上溜冰鞋，滑过湖面，追上了开车的反派。

● 有没有一个配角能增加冲突？

● 确保他所有的帮助者、工具和专业知识在前面都有铺垫。

● 他的心理防御会开始瓦解。想出一些方式来展示这一点，而不是叙述出来。

● 如果他将会觉醒，给他几个理由来改变他原来的做法。试着劝说他睁开眼睛。

第三幕

阶段 7：死亡——十字路口

约翰在黑暗中摸索，找到了他的水壶。他摸索着那根能够引他回营地的绳子，这个时候，身后传来了倒地的人的呻吟。约翰在想自己是否应该冒生命危险帮助这个人。他仔细考虑了一下，把这个人拖回了营地。

借着火光，约翰看清了这个人。这是他的一个好友，已经死去了。他意识到如果不是这个人几个小时前摔倒，现在死的可能就是自己了。他感到惭愧又感恩，约翰想起了远方的家人，不过他还是想要坚持爬到山顶。

在这个阶段，主角面临着死亡和毁灭。正是在这里，他要面对十字路口。他可以面对他自己真实或象征性的死亡，走上觉醒和胜利的道路，或是以暴怒对待死亡，走上叛逆和失败的道路。

觉醒与成长

面对自身的死亡，意味着以优雅和敬畏的姿态面对他自身必死的命运、恐惧和缺点。他因为这些经历而学会谦卑，走上女性旅程中的下降过程。这可能会使他短暂地忽略原先的目标，但是这段经历会永远地改变他。

● 他可能会经历一个“灵魂的暗夜”，一切看起来都迷失了，他承认并接受这一点。

● 他可能接受反派的挑战，被打败，因而感到无助，但是他从内心深处找到了勇气。

● 他可能面对一个好友或是家人的死亡，感到悲伤。

● 他可能为了救别人而把自己置于险境，像《最后的莫希干人》中的纳撒尼尔那样，还有《泰坦尼克号》中的杰克。

他的工具都失灵了；他的策略也土崩瓦解。他可能什么办法都没有了，只能任由反派宰割。他能够暂时面对羞辱么？他只能顺其自然，尽人事，听天命。他不得不放弃抵抗，放弃试图控制和主导事情走向的想法。他之前展现了勇气，现在他需要使用头脑、找寻内心。

回顾一下女性旅程的阶段 4——下降。用那里列出的七个问题来使他面对内心的魔鬼。在女性旅程中，主角先经历缓慢的下降，再面对死亡阶段的混乱。在男性旅程的死亡阶段，如果他觉醒了，那他几乎是同时经历女性旅程的这两个阶段的。对他来说，这是最后关头，他已经没有时间了。如果他幸运，一个配角会出现，帮助他，把他推往正确的方向。

叛逆与停滞

如果他愤怒地对抗死亡，他也是在愤怒地对抗他自己的改造。他遭遇了自己必死的命运，试图报复。如果他因为一个心爱的人的去世而面对死亡，他想要为这个人报仇，来证明他可以超越死亡。他不会死。他不能死。

● 他不会承认他的恐惧。

● 他一点都没有因为之前的经历而变得谦卑。

● 事实上，他变得更加自大，想要证明他绝不是一个寻常人。

● 他可能会不假思索地冒险，想要单独和反派一决生死。

● 他就像在上演展现疯狂男子气概的单人秀，不需要任何人的帮助。

● 他不会去面对反派想要他看到的东西。他不会审视内心，去发现他真正想要的东西。

配角可能会迫使他去复仇，尤其是当他被当作偶像或是万民景仰的时候。他们使他无法做出正确的选择。如果他是一个领袖或是统治者，他会感到自己必须保持镇定，远离各种悲喜情绪。在《勇敢的心》中，唯一一个能够帮助威廉·华莱士的人，被他生病的父亲所劝阻，为了他的民众，他选择背叛华莱士。

阶段7的例子

《吉尔伽美什》

恩奇都经历了漫长而痛苦的死亡，他的挚友吉尔伽美什一直在病榻前照顾他，跟他讲述他们共同的传奇经历……他得到的盛名在躯体的腐朽面前毫无意义。吉尔伽美什不愿接受好友死亡的命运，出发去寻找永生的秘密。

《星球大战》

卢克只能眼睁睁看着欧比王停止了战斗，被对手杀死。他大叫出声，引来了帝国士兵的追杀。当他们的飞船逃出了死星时，卢克因为朋友的死而悲伤不已，比当年看到叔叔婶婶的死更加悲痛。但是他为了完成更重要的使命，压抑着内心的伤痛，强自镇定。

《夺金三王》

阿奇他们冒着生命危险去救特洛伊。他告诉康拉德（斯派克·琼斯饰）："做你害怕的事，做完就有勇气了。"他们在救特洛伊的同时也救了很多其他人。康拉德死了，特洛伊受了重伤。阿奇用他的医药箱救了特洛伊。因为康拉德死前希望自己能葬在神殿里，所以他们决定先不埋葬他，把他的尸体带在身边。

有几个反叛者被杀了，他们举行了葬礼。他们给每个当地人一块金条，让他们开始新生活，然后把其余的金子掩埋了。阿奇已经开始在乎这些人并为他们感到悲伤了。

《白鲸记》

船在一场大风暴中损坏了，但是亚哈船长不肯改变航向。有好几个人死掉了，船只也差点沉没。他觉得自己看到了白鲸的身影，但是船员们都觉得他出现了幻觉。有些人甚至觉得他已经疯了。

性别偏移：《特工狂花》

查莉回到家中，看到钥匙在她女儿的房间里。她看向窗外，看到女儿在她的步枪的范围之内，感到稍微安心了些。她不知道自己消灭另一个自我——萨曼莎的做法对不对。她的女儿被绑架了，查莉决定去救她。

查莉和女儿两个人都被抓了，关在一个锁住的冰库里等死。

男性旅程阶段 7 的创作技巧

- 读一下女性旅程阶段 4 的部分，用里面的 7 个问题来对付主角——如果他走上的是觉醒之路。
- 这个阶段完成之后，你可能需要回到第一幕，逐渐加入一些他的旅程主题的元素。
- 用他的优点来帮助他获取胜利，或是用他的缺点来让他失败。
- 把他的情感外在化。想一下他对发生在周围的这些事件的反应。
- 用他的恐惧来对付他。

阶段 8：觉醒或叛逆

约翰知道自己想要继续爬到山顶。为了纪念那个倒下的朋友，他带上了那个人的围巾。他把围巾绑在自己的胳膊上，继续前行，过去的自大稍微收敛了一些。

当他赶上其他人的时候，他告诉他们发生的事，大家都决定要一起行动，来保证所有人都能到达山顶。

如果主角在上个阶段能够面对死亡，他在这个阶段就朝着觉醒的方向前进。如果主角选择抗拒死亡，他就朝着叛逆的方向前行。

觉醒与成长

主角从他的经历中学到了东西。他正视自己的缺点和恐惧。他回顾自己做过的事情，意识到自己人生的真正目的。他不再是只知道听从社会指令的奴隶，而是能为自己创造自己想要的生活的人。如果他之前不够主动，那么现在他会真正采取行动，对不想要的东西说“不”，就像女性旅程的主角在第一幕做的那样。他不再局限于别人告诉他的应该做的事，他知道自己还有些深刻反思要做。他不再处于复仇模式之中。

主角可能会做的事包括：

- 记起小时候想要在未来做的事。
- 思考他失去了多少跟家人共处的时间。
- 为他自己过去或是旅程中做错的事情请求他人的原谅。（一些救赎的故事属于这类。）
- 决心离开一段折磨他的感情或是一份工作。
- 学会接受他自己的缺点和失败。
- 觉得自己还没有全力以赴，接下来要更努力。（他可能一直不敢对抗老板。）

叛逆与停滞

选择这条路后，主角变得更接近反派。主角没有从经历中学习。他不愿正视自己的缺点或是承认自己的恐惧。他更不会回顾所做的事来想清楚他人生的真正目的。他被自己对死亡和失败的恐惧所蒙蔽。他的目标可能转为证明自己可以高于人生、超越死亡。他想要得到长生不老药，来使自己摆脱死亡的掌控，他会放下他之前的目标来做这件事。

主角从头到尾都没有改变，哪怕他最后达成了目标。他没有审视过自己，比如他的信仰或是动机。

他可能会做的事包括：

- 配备更多的枪支弹药。
- 把大家推到一边，独自向前。
- 忘记了其他人和周边的一切，忘记那些曾经对他有意义的人和事，一心想要达成新目标。
- 伤害那些试图阻止他的人。
- 为自己找借口，免受良心责备。如果他心爱的人被反派所杀，他就有了足够的理由。

无论他在上个阶段选的是哪条路，他现在就朝着那条路走下去。旅程剩下的部分已经展现在了他的面前。他的决定已经宣告了他的命运。

阶段8的例子

《吉尔伽美什》

吉尔伽美什寻找那个能带给他永生的人时，被警告说他的这次找寻是不可能达成的目标。他见到了这个人，但是在永生测验中睡着了，以失败告终；他对自己失去了信心。他拿着一株植物回家，据说这株植物可以让他带着现有的知识重活一次，不过他内心有些怀疑，最后也失去了这株植物。他两手空空地回到家里。

《星球大战》

卢克决定飞回去执行轰炸死星的任务。他对自己飞行的能力很有信心，因为他之前曾经"飞回家乡"，但是当到了瞄准死星射击的最后时刻，他必须要放下他过去学的东西，意识到内在的力量，而非依靠外在。他让R2-D2"加大能量!"但是最终是欧比王的话让他做到了——"放手吧，卢克，使用原力，相信我。"他之前学到的东西帮助他得以相信自己。

《夺金三王》

阿奇的真正觉醒到来了，他决定放弃金子，为了别人的目标和福祉放下他个人的。他们把反叛者们送到了边境，知道自己这么做是违法的，可能会因此被关进军事监狱。他们叫来了一个记者，想要帮助反叛者们把他们的信息传达给外界。

军队的直升机出现了，他们跟反叛者们手拉着手。他们希望能在直升机降落前就穿越边境，但是他们没能做到。阿奇看了看他的同伴，他们都点头同意——用金子的埋藏地点换取所有反叛者的自由。

《白鲸记》

亚哈船长走上了叛逆的道路。他追逐着白鲸。他们整整三天都在跟白鲸搏斗，但是无法杀死它。他周围的人一个个死去，但亚哈不肯放弃。关于死亡的预言实现了，可是他依旧不肯变得宽厚。他的暴怒已经主宰了他。他刺向白鲸，也将自己带向了死亡。

性别偏移：《特工狂花》

查莉身上苏醒的不仅仅是她作为间谍的力量，还有她作为母亲的力量。她照顾着女儿，一边跟她聊着买一只小狗的事，一边心里盘算着逃脱的计划。

她们逃出冰库，但是接着她还要再一次救她的女儿。查莉躺在一座桥上奄奄一息，她让女儿快点逃走，但是她女儿不肯走。查莉第一次拿起对讲机求助。她意识到自己不是一个人，她有责任帮助别人。她不能任意妄为、时时刻刻拿生命冒险。她开始懂得爱护别人，因此也懂得了爱护自己。

男性旅程阶段 8 的创作技巧

- 如果主角觉醒了，展示他内心的混乱和变化。

比如，在《黑客帝国》中，当尼奥转身看到一个可怕的特工时，他没有跑，他的气度向我们展示了他内心的改变。他像李小龙那样挥了挥手，让那个特工过来，他的思绪回到他跟墨菲斯打斗的训练场景。

- 有没有一个配角试图劝说他放弃这个决定？
- 想出反派对主角做出的决定的几种不同反应。他会加大赌注么？

阶段9：成功或失败

所有人都爬到了山顶。约翰欣喜若狂。他忘记了过去他多么想做第一个和唯一一个站到山顶的人。这些已不重要。

他环顾四周，品味着山顶的风景——他的奖励。他的视线越过地平线，看着自己一路艰难爬上来的崎岖道路。

成功

如果主角在上个阶段选择觉醒，他现在就得到了成功和奖励。因为他知道自己是怎样的人，他为什么要为目标而奋斗，他有勇气和技能去应对反派施展出的任何招数。

如果他斗争为的不仅仅是救自己，那么他身后就有了整个团队的支持。他做出牺牲，安抚任何一个需要安抚的人以达成目标。他不再仅仅关心自我甚至被自我所统治，他愿意承认失败来获取胜利，这意味着他为了拯救整个王国愿意跪在国王面前。

失败

如果主角在上个阶段选择叛逆，他现在面对的就是失败。他不肯为了大众的利益放弃和牺牲自我。他认为自己在别人眼中的形象是最重要的。比起跪在国王脚下来拯救国家，他更愿意做那个控制国家的国王。

他的叛逆把他引上了一条不归路。他的盲目使他看不到什么对他来说是真正重要的，也使他无法面对和克服自己的恐惧。他到最后也没有改变多少。

到这个阶段末尾，他可能意识到自己已经失败了，像武士自杀保住荣誉一样来寻求救赎。他回顾一路走来发生的一切，看清了自己的错误，但也明白现在为时已晚。想一下《白鲸记》中的亚哈船长，或是亚瑟·米勒所著的《推销员之死》中的威利·罗曼。

他可能到临死的时候还是困在怒火和否认之中，责怪他人导致了他的灭亡。许多关于国王和他们的王国的历史故事都可归入这一类。

小心不要掉入二流影片的陷阱。低成本的电影里满是一些硬汉主角，沿着一条情节主线，杀人斗殴毫无悔改之心，最后还抱得美人归，衣锦还乡。这些故事让一个选择失败之路的主角获得了奖励。想一下如果亚哈船长最后杀死了白鲸并且活下来——那要如何解释他执迷不悟的举动？这样的结局会令人满意么？这会带给故事多大的改变？它还会是世界名著么？

阶段 9 的例子

《吉尔伽美什》

吉尔伽美什两手空空地回到家里，面对他的朋友和家人。他想起了他在旅程中做的那些决定，但他也明白现在想改正错误为时已晚。

《星球大战》

卢克放手去做，相信自己和身边的原力。死星被彻底摧毁了。他、韩·索罗、丘百卡还有机器人从莉亚公主手里接过奖章，得到了她的子民的崇敬。

《夺金三王》

阿奇和反叛者们回到了家中。记者们用很大篇幅报道了反叛者们的困境，使得军方无法把他们关进监狱。他们都找到了各自的事业，继续生活，知道他们所做的事是正确的。

《白鲸记》

亚哈船长葬身大海。白鲸莫比-迪克击沉了所有船只，杀死了那些想要杀死它的人，然后毫发无损地游走了。

性别偏移：《特工狂花》

查莉救了女儿和自己，还有所有本来会被反派杀死的人们。在她告诉美国总统自己希望回到学校去做一名老师时，她身旁放着的是那些保险柜中的金钱。最后一幕里，我们看到她的发型介于萨曼莎和查莉之间。她把匕首扔向一个树桩，微笑着，她的男友坐在她身旁。

男性旅程阶段9的创作技巧

- 成功——他为自己的决定而自豪么？他觉得自己是成功的么，哪怕他因此而改变了原先的目标？他是否需要面对一个对他不满的老板，就像《夺金三王》中的主角们那样？
- 失败——他会败得多惨？他是责怪自己还是怪罪他人？
- 其他角色如何反应——如果他失败了，他们会丢下他不管么？他们会批评那个改变了目标的胜利者么？

附录 1

女性旅程练习与男性旅程练习

使用下面的练习来理出你的故事的大纲。写下你的角色在每个阶段会如何行动。

女性旅程练习

第一幕

◆ **阶段 1：对完美世界的幻想**

● 她有一种虚假的安全感，被困在一个消极的世界里阻止了她的成长。

● 她用某种应对策略来回避她的真实处境。

● 你的角色：

____

____

____

____

◆ **阶段 2：背叛或领悟**

● 对她重要的一切都被带走了，她无法无视发生的事情或是给它找借口。

- 她被推到十字路口，必须做出决定。
- 你的角色：

____

____

____

____

◆ **阶段 3：觉醒——为旅程做好准备**

- 她现在该怎么办？她的应对策略不再管用。
- 她为旅程积极地做准备，做了一个改变人生的决定，要向前走。
- 她想要重新获得她的“力量”。
- 你的角色：

____

____

____

____

第二幕

◆ **阶段 4：下降——穿过审判之门**

- 她遇到某种让她恐惧的事物或者阻碍，想要回头却又不能。
- 她的武器都失效了；它们在这里毫无用处。
- 她面临着七大问题中的某一个。
- 你的角色：

____

____

____

____

◆ **阶段 5：风暴之眼**

● 她经受住了最近的考验，并以为旅程已经结束。

● 她有一种虚假的安全感。

● 配角可能想要她回头。

● 你的角色：

____

____

____

____

◆ **阶段 6：死亡——失去一切**

● 大逆转发生了。

● 她面临着自身的死亡，或是一个象征性的死亡，对自己有了更多的了解。

● 你的角色：

____

____

____

____

第三幕

◆ **阶段 7：支持**

● 她接受自己跟集体的联系。她是一个更大整体的一部分。

● 但愿有人或有什么事物可以支持她，否则她可能坚持不下去了。别人的帮助能给她指出一条走出黑暗的道路。

● 你的角色：

____

____

____

◆ **阶段 8：重生——真相的时刻**

● 她找到了自己的力量，充满热情地去追寻目标。

● 她已经觉醒，看待世界的眼光已全然不同。

● 她已经以一种合理的方式得到了权力。

● 她能够直面自己最大的恐惧，依然保有同情心和内心的完整。

● 你的角色：

◆ **阶段 9：周而复始——回到完美世界**

● 她回到最初的地方来看看自己走了多远。

● 她可能会选择下一个要走上下降之路的人。

● 你的角色：

男性旅程练习

第一幕

◆ **阶段 1：完美世界**

● 对他来说，世界好像充满了机会。

● 他不知道自己内心深处真正想要什么。

- 你的角色：

____

____

____

____

◆ **阶段2：朋友与敌人**

- 朋友促使他接受某个挑战。
- 他可能会找到帮手。
- 你的角色：

____

____

____

____

◆ **阶段3：召唤**

- 他不确定自己内心深处想要什么，因而去追寻一个外在的目标。
- 他在乎的东西可能正处于危险之中。
- 你的角色：

____

____

____

____

第二幕

◆ **阶段4：小成功**

- 小尝成功的味道后，他开始想要得到更多。
- 其他人对这次成功是什么反应？

- 你的角色：

◆ **阶段 5：邀请**

- 他被邀请走上女性旅程的觉醒道路。
- 他被问及他目前的目标是否是他真正想要的。
- 他拒绝了女性旅程，把他的武器收在身边。他不肯放弃任何一点权力。
- 你的角色：

◆ **阶段 6：考验**

- 他遇到了阻碍。
- 如果他走上了叛逆之路，会有一种虚假的优越感。
- 如果他走上了觉醒之路，会觉得原有的一切开始分崩离析。
- 他身边充满了各种警告和预言。
- 你的角色：

第三幕

◆ **阶段 7：死亡——十字路口**

● 叛逆——他愤怒地抗拒死亡，跟自身的变化做着斗争。

● 觉醒——他面对死亡，感到谦卑；他所有的工具都毫无用处。（参考女性旅程阶段 4。）

● 你的角色：

____

____

____

____

◆ **阶段 8：觉醒或叛逆**

● 叛逆——他不肯正视自己的缺点和改变。他的性格没有变化，因为对他来说一切都没有改变。

● 觉醒——他学着正视自己，了解自己真正想要的东西。他放弃了原先的一些权力以获得成功。他也开始愿意帮助他人。

● 你的角色：

____

____

____

____

◆ **阶段 9：成功或失败**

● 叛逆——带给他失败。他走上了不归路。

● 觉醒——带给他成功和奖励。

● 你的角色：

____

____

____

旅程差异

女性旅程	男性旅程
结尾是一个圆形的循环的框架。	直线型，有清晰的开头、中间阶段和结尾。
她向自己证明了自己。	他向团队证明了自己。
故事中有数个高潮。	故事中只有一个大高潮。
她回来后跟愿意听她讲述的人分享她的经历，并选择下一个走上旅程的人。	他回来后把他得到的奖励跟整个团队分享。他已经代替他们走完了旅程。
她走的是与阻碍共存的道路。	他走的是抵抗阻碍的道路。
她在开头就觉醒了，是在她意识到自己从来没有权力的时候。她要走进“自我”才能觉醒。	他在结尾觉醒，是在他意识到他的权力使他远离了自己的情感的时候。他必须放开“自我”才能觉醒。
在她的模式里，她找到了“内心”。	在他的新模式里，他找到了“内心”。
她找到了勇气。	他找到了勇气。

社会/性别差异

女性旅程	男性旅程
她如果被拯救，就不能踏上旅程。	他被告知要拯救和保护女人。
她被告知只能保持被动和接受。	他被告知要养家、要强大。
她得到内在的“精神”奖励，找到了自我。	结尾他抱得美人归，还得到其他外在的奖励。
她了解了自然，找到了完整性。	他获得了勇气，找到了完整性。
她需要相信自己的直觉。	他需要相信自己的能力。
她生活在一个危险的世界里。	他生活在一个充满机会的世界里。
她得不到社会的支持。	他拥有社会的支持。

附录 2

第 46 个角色原型：游戏改变者

这里是新增的第 46 个角色原型，是对《经典人物原型 45 种》一书的补充。我在研究和发展救世主原型的时候，看到了另一个现代角色，想在此与大家分享。在这个角色里你可能会看到其他一些原型的影子，但我还是觉得他值得单独一提。关于我创作的其他书籍列表，可移步我的个人网页 www. VictoriaLynnSchmidt. com。

游戏改变者

游戏改变者这个原型想要为社会做些贡献，想要影响社会、创造传奇。但他并不是救世主那种自我牺牲的类型，他的动力来自于想要给人留下深刻印象的欲望，不过他也确实一直以某种方式在帮助别人。你可能会在他身上看到其他原型的一些影子，因为这是一个源于经典类型的新角色原型。

也许他在孩童时期一直被忽视，或者他的父亲是一个成功人士，他现在想要向父亲看齐。他很容易变成一个工作狂。

游戏改变者关心什么?

● 游戏改变者关心战利品、勋章和奖赏，因为他希望他的工作得到认可和赞赏。他不会默默做事。他也许会对外宣称这些奖项毫无意义，但在内心深处他极度渴望拥有它们。青史留名是他的人生目标。他当然可以立即雇一个传记作家，但是他更希望别人主动为他立传。他需要别人的认可，这样他才会觉得自己在他们的人生中占有一席之地。他想要有归属感，为他人所接受。

● 他在意别人对他的看法，但是更重要的是，他就是想要别人在意他，不管对他的看法是好是坏。他想要拥有能够占据别人思想和时间的力量。他希望以一种优雅的方式成为人们注意的焦点。他不想要丑闻；他不想要仅仅持续15分钟的声名。他要得到尊敬；他要成为一个人们慕名而来寻求帮助和建议的大人物。

● 他总是力争第一，不愿意模仿他人或是跟随别人的脚步。因此，他可能因为“宁做鸡头，不做凤尾”而陷在一个局促的环境里。

游戏改变者害怕什么?

● 他害怕自己被遗忘，害怕生活毫无意义、过得太普通，或是无权无势。

● 他害怕人们看穿他，发现他只是个骗子。他觉得自己不值得拥有太多，所以更加努力，想做到最好来证明自己，证明过去那些瞧不起他的人都错了。

● 他担心自己的想法被人剽窃，他会因此得不到荣誉。他可能因为过于心急而毁掉一笔交易。他的同事不理解他为什么表现得如此冲动。

游戏改变者的动力是什么?

● 他想要让人印象深刻，想要变得举足轻重、有影响力、受到人们的尊敬。他确实想帮助他人，但更重要的是，他想要最大限度地影响他人，让人们知道他、记住他。为此他必须变得独特、与众不同，才能脱颖而出——这通常意味着要力争第一。这还意味着他要致力于冒险。

其他角色如何看待游戏改变者?

● 人们视他为创新者，他的行业里的很多年轻人都崇拜他，希望围绕在他身旁，虽然他总是有点神经紧张，但非常明白自己想要什么和期待什么。他们觉得他很强大，能掌控局势，他好像知道别人都不知道的东西，好像掌握着通往成功的密钥。他使成功变得很容易。

- 人们把他想得太好、太理想化。他害怕自己永远也达不到他们期望的高度。他常常要假装自己知道答案，假装自己可以克服任何困难——让他吃惊的是，他往往真的能做到。他是一个强大的人，他自己需要逐渐认识到这一点。

- 一些人更了解内情，他们知道，如果他的几个得力助手离开的话，他的世界随时可能坍塌。他们知道要完成一个工作或是创立一个强大的公司，光靠单枪匹马是不行的。

- 至于着装，他要么只穿最高档的西装，要么只穿符合事业形象的衣服。他甚至可能让别人管理他的衣橱，或者每天都穿同款的衣服，这样他就不用浪费时间去想今天该穿什么。（就像爱因斯坦，衣橱里挂满了一模一样的西服。）

- 他在成长的过程中时常觉得自己很渺小，所以渴望用权力和威望来摆脱这种感觉。

发展性格弧线

看一下你的角色在故事中的主要目标，再想一下你选择了哪些他害怕的事物来挑战他。他需要学会什么来帮助自己克服恐惧？

他需要学会在团队里工作，并且信任他人能够做好他们分内的事么？他是否需要了解单纯地活着就是有价值、有意义的，因此不需要刻意做什么来证明自己值得活在这世界上？

他可能要跟以下原型搭配才能成长：

愚者——让他学会放手，相信一切都能顺利解决。教他学会冒险和做自己。

女族长——她能够掌控大局，让他放松一会儿。

亚马逊女子——让他学会团队合作，做对大家最有益处的事，摆脱完美主义的心态。

游戏改变者的反面角色：操纵者

这个原型非常擅长的一个领域是广告/市场行业。这个领域里的大多数人表现出色，并且想要帮助公众，而这个原型喜欢操纵人们，不顾他们的利益。为了得到自己想要的东西，他会见人说人话、见鬼说鬼话。他有些反社会特质，因为他对待周围人的态度取决于他们能为他做些什么。在他眼里，其他一切的存在都只是为了他个人的乐趣、满足他的需求。他没有同理心或同情心。

当面临艰难决定的时候，他很少犹豫或后悔。如果他稍感良心不安，他也会找出一个方式来为自己开脱，辩称自己这样做是为了大家好。

没有什么能够阻止他。他不管做什么都要声势浩大、轰轰烈烈。讨论他的所作所为的人越多越好。他很愿意替别人做那些生死攸关的决定。在他眼里，他就像决定他人生死的神祇。

谁也别想让他为任何事承担责任。他会因为遭受“不公正”待遇而勃然大怒、永不原谅。他不为任何事承担责任。如果他的公司破产了，那肯定是其他人造成的。

奇妙的是，唯一能够跟他对抗的原型是游戏改变者。他们有很多共同的特质，游戏改变者能够看穿他的心理。

再次重申，这是一个源于经典角色的现代原型。

影视、文学、历史中的游戏改变者

游戏改变者类型的电视剧/电影角色

- 《华尔街》中的巴德·福克斯（查理·辛饰）
- 《绝世天劫》（*Armageddon*）中的哈利·斯坦珀（布鲁斯·威利斯饰）

- 《王牌大贱谍》中的奥斯丁（迈克·梅尔斯饰）
- 《斯巴达 300 勇士》（*300*）中的斯巴达国王莱奥尼达（杰拉德·巴特勒饰）

游戏改变者类型的历史人物/文化名人

- 恺撒
- 亚历山大大帝
- 列奥纳多·达·芬奇
- 奥普拉·温弗瑞[①]

影视、文学中的操纵者

操纵者类型的电视剧/电影角色或文学形象

- 《华尔街》中的戈登·盖柯（迈克尔·道格拉斯饰）
- 《生死时速》中的霍华德·佩恩（丹尼斯·霍珀饰）
- 《王牌大贱谍》中的邪恶博士（迈克·梅尔斯饰）
- 《斯巴达 300 勇士》中的波斯国王薛西斯（罗德里格·桑托罗饰）
- 《圣诞颂歌》中的埃比尼泽·斯克鲁奇，查尔斯·狄更斯著

① 奥普拉·温弗瑞（Oprah Winfrey），美国著名脱口秀主持人。

创意写作书系

这是一套广受读者喜爱的写作丛书，系统引进国外创意写作成果，推动本土化发展。它为读者提供了一把通往作家之路的钥匙，帮助读者克服写作障碍，学习写作技巧，规划写作生涯。从开始写，到写得更好，都可以使用这套书。

书名	作者	出版日期
综合写作		
成为作家	多萝西娅·布兰德	2011年1月
一年通往作家路——提高写作技巧的12堂课	苏珊·M. 蒂贝尔吉安	2013年5月
创意写作大师课	于尔根·沃尔夫	2013年6月
作家创意手册	杰克·赫弗伦	2015年1月
与逝者协商——布克奖得主玛格丽特·阿特伍德谈写作	玛格丽特·阿特伍德	2019年10月
心灵旷野——活出作家人生	纳塔莉·戈德堡	2018年2月
渴望写作——创意写作的五把钥匙	格雷姆·哈珀	2022年6月
诗性的寻找——文学作品的创作与欣赏	刁克利	2013年10月
从创意到畅销书——修改与自我编辑	詹姆斯·斯科特·贝尔	2016年1月
来稿恕难录用——为什么你总是被退稿	杰西卡·佩奇·莫雷尔	2018年1月
虚构写作		
小说写作教程——虚构文学速成全攻略	杰里·克里弗	2011年1月
开始写吧！——虚构文学创作	雪莉·艾利斯	2011年1月
冲突与悬念——小说创作的要素	詹姆斯·斯科特·贝尔	2014年6月
情节与人物——找到伟大小说的平衡点	杰夫·格尔克	2014年6月
人物与视角——小说创作的要素	奥森·斯科特·卡德	2019年3月
情节线——通过悬念、故事策略与结构吸引你的读者	简·K. 克莱兰	2022年1月
经典人物原型45种——创造独特角色的神话模型（第三版）	维多利亚·林恩·施密特	2014年6月
经典情节20种（第二版）	罗纳德·B. 托比亚斯	2015年4月
情节！情节！——通过人物、悬念与冲突赋予故事生命力	诺亚·卢克曼	2012年7月
如何创作炫人耳目的对话	詹姆斯·斯科特·贝尔	2016年11月
超级结构——解锁故事能量的钥匙	詹姆斯·斯科特·贝尔	2019年6月
故事工程——掌握成功写作的六大核心技能	拉里·布鲁克斯	2014年6月
故事力学——掌握故事创作的内在动力	拉里·布鲁克斯	2016年3月
畅销书写作技巧	德怀特·V. 斯温	2013年1月
30天写小说	克里斯·巴蒂	2013年5月
从生活到小说（第二版）	罗宾·赫姆利	2018年1月
小说创作谈	大卫·姚斯	2016年11月
写小说的艺术	安德鲁·考恩	2015年10月
成为小说家	约翰·加德纳	2016年11月
小说的艺术	约翰·加德纳	2021年7月

非虚构写作		
开始写吧！——非虚构文学创作	雪莉 · 艾利斯	2011 年 1 月
写作法宝——非虚构写作指南	威廉 · 津瑟	2013 年 9 月
故事技巧——叙事性非虚构文学写作指南	杰克 · 哈特	2012 年 7 月
光与热——新一代媒体人不可不知的新闻法则	迈克 · 华莱士	2017 年 3 月
自我与面具——回忆录写作的艺术	玛丽 · 卡尔	2017 年 10 月
写出心灵深处的故事——非虚构创作指南	李华	2014 年 1 月
写我人生诗	塞琪 · 科恩	2014 年 10 月
类型及影视写作		
金牌编剧——美剧编剧访谈录	克里斯蒂娜 · 卡拉斯	2022 年 1 月
开始写吧！——影视剧本创作	雪莉 · 艾利斯	2012 年 7 月
开始写吧！——科幻、奇幻、惊悚小说创作	劳丽 · 拉姆森	2016 年 1 月
开始写吧！——推理小说创作	劳丽 · 拉姆森	2016 年 7 月
弗雷的小说写作坊——悬疑小说创作指导	詹姆斯 · N. 弗雷	2015 年 10 月
好剧本如何讲故事	罗伯 · 托宾	2015 年 3 月
经典电影如何讲故事	许道军	2021 年 5 月
童书写作指南	玛丽 · 科尔	2018 年 7 月
网络文学创作原理	王祥	2015 年 4 月
写作教学		
小说写作——叙事技巧指南（第十版）	珍妮特 · 伯罗薇	2021 年 6 月
剑桥创意写作导论	大卫 · 莫利	2022 年 6 月
你的写作教练（第二版）	于尔根 · 沃尔夫	2014 年 1 月
创意写作教学——实用方法 50 例	伊莱恩 · 沃尔克	2014 年 3 月
创意写作思维训练	丁伯慧	2022 年 6 月
故事工坊（修订版）	许道军	2022 年 1 月
大学创意写作 · 文学写作篇	葛红兵 许道军	2017 年 4 月
大学创意写作 · 应用写作篇	葛红兵 许道军	2017 年 10 月
小说创作技能拓展	陈鸣	2016 年 4 月
青少年写作		
会写作的大脑 1——梵高和面包车（修订版）	邦妮 · 纽鲍尔	2018 年 7 月
会写作的大脑 2——怪物大碰撞（修订版）	邦妮 · 纽鲍尔	2018 年 7 月
会写作的大脑 3——33 个我（修订版）	邦妮 · 纽鲍尔	2018 年 7 月
会写作的大脑 4——亲爱的日记（修订版）	邦妮 · 纽鲍尔	2018 年 7 月
奇妙的创意写作——让你的故事和诗飞起来	卡伦 · 本基	2019 年 3 月
成为小作家	李君	2020 年 12 月
写作魔法书——让故事飞起来	加尔 · 卡尔森 · 莱文	2014 年 6 月
写作魔法书——28 个创意写作练习，让你玩转写作（修订版）	白铅笔	2019 年 6 月
写作大冒险——惊喜不断的创作之旅	凯伦 · 本克	2018 年 10 月
小作家手册——故事在身边	维多利亚 · 汉利	2019 年 2 月
北大附中创意写作课	李韧	2020 年 1 月
北大附中说理写作课	李亦辰	2019 年 12 月

图书在版编目（CIP）数据

经典人物原型45种：创造独特角色的神话模型：第3版/（美）施密特（Schmidt，V. L.）著；吴振寅译．—北京：中国人民大学出版社，2014.5
（创意写作书系）
ISBN 978-7-300-19419-6

Ⅰ．①经…　Ⅱ．①施…　②吴…　Ⅲ．①人物描写　Ⅳ．①I042

中国版本图书馆CIP数据核字（2014）第113162号

创意写作书系
经典人物原型45种（第三版）
创造独特角色的神话模型
[美]维多利亚·林恩·施密特　著
吴振寅　译
Jingdian Renwu Yuanxing 45 Zhong

出版发行	中国人民大学出版社		
社　　址	北京中关村大街31号	**邮政编码**	100080
电　　话	010－62511242（总编室）		010－62511770（质管部）
	010－82501766（邮购部）		010－62514148（门市部）
	010－62511173（发行公司）		010－62515275（盗版举报）
网　　址	http://www.crup.com.cn		
经　　销	新华书店		
印　　刷	天津中印联印务有限公司		
开　　本	720 mm×1000 mm　1/16	**版　　次**	2014年6月第1版
印　　张	16.5插页1	**印　　次**	2025年10月第20次印刷
字　　数	204 000	**定　　价**	49.00元